U.S. Marines

Tome 2 : Plus aucun rempart entre nous

Arria Romano

U.S. MARINES

Tome 2 :

PLUS AUCUN REMPART ENTRE NOUS

Arria Romano

www.soromance.com

Chapitre 1

Craven Street
Trois jours plus tard

Assise en tailleur à même le sol du salon de Hudson et armée d'un pinceau, Livia s'affairait à rafraîchir la couleur rouge d'une petite table de chevet de style chinoise. Encouragée dans son activité par le swing, le jazz et le blues que jouait alternativement le gramophone de Scarlett, agencé pour ce jour dans un coin de la pièce, elle peignait tout en fredonnant les notes de la mélodie en cours. *Take the A Train*. Duke Ellington.

Debout en face d'elle, en marcel blanc et short noir, avec une barre chocolatée au bec, Hudson était tout aussi occupé à repeindre une jolie armoire dans les tons bleu canard. En même temps qu'il travaillait, ses yeux glissaient toutes les minutes vers le ravissant tableau que Livia lui offrait ; adorable et frêle dans l'un des t-shirts noirs qu'elle lui avait empruntés, avec ses cheveux lâchés, retenus par un bandeau rouge, ses lèvres peintes d'un rouge encore plus pétillant et la grâce naturelle qui ne l'abandonnait jamais, même pour faire de la peinture, la blonde glamour semblait sortir d'une revue de charme des 60's.

Admirer la femme qui le rendait dingue, attelée à une activité ordinaire, au beau milieu de chez lui. Voilà le genre de petit bonheur pour lequel Hudson voulait bien continuer à vivre.

— La vue te plaît, mon capitaine ? le nargua-t-elle en jetant légèrement la tête en arrière, l'air un peu alangui.

— Si tu enlèves le t-shirt, ce sera encore mieux.

— Patience..., commença-t-elle en s'apprêtant à continuer la peinture quand tout à coup, les notes d'un nouveau morceau gorgèrent l'ambiance de romantisme. *Green Eyes* de Jimmy Dorsey ! C'est une chanson pour toi.

Avec entrain, elle se hissa sur ses deux pieds en posant son pinceau dans le pot de peinture rouge, puis se matérialisa à ses côtés pour lui présenter une main et lui proposer, sur le ton d'un galant s'apprêtant à inviter une dame à danser :

— Capitaine Rowe, m'accorderiez-vous cette danse ?

Hudson suspendit ses mouvements et l'observa avec un sourire attendri.

— Je ne sais pas danser, mon ange.

— Ah bon ? On ne vous apprend pas ça chez les marines ? le taquina-t-elle. J'aurais pensé que savoir danser était une compétence requise pour séduire des femmes au cours de vos bals...

— Malheureusement, ce n'est pas une option que j'ai choisie.

— C'est un petit fox-trot très plaisant, dit-elle en lui ôtant le pinceau des mains pour le remettre dans le pot de peinture bleue, avant de lui saisir les deux poignets. Laisse-moi te guider.

Elle l'entraîna au centre de la pièce, glissa une main sur sa taille en gardant l'autre entrelacée à la sienne, puis lui montra les pas à effectuer. Avec le sentiment d'être un peu ridicule, il les mima quand même à son tour, juste pour lui faire plaisir, tout en se laissant emporter par la cadence de la danse.

L'engouement de Livia l'émouvait et le charmait. Il aurait fait n'importe quelles activités risibles dans l'unique espoir d'admirer le sourire printanier qu'elle lui adressait et l'éclat astral qui reluisait dans ses yeux de pervenche.

Là, dans ses bras, tout en mouvements élégants et rythmés, elle exsudait la fraîcheur, l'insouciance et promettait toutes les saveurs pures et douces d'un monde enchanté...

— Ça commence à venir ! se réjouit-elle comme il la faisait virevolter sur elle-même avant de la rattraper fermement entre ses bras, dans un mouvement un peu trop brusque pour que l'effet soit gracieux.

Mais cela n'avait pas d'importance. Hudson se prêtait au jeu et le plaisir qu'elle décela dans ses prunelles la galvanisa davantage.

Bientôt, la maladresse de son amant le rattrapa et se révéla dans sa splendeur quand il lui écrasa accidentellement le pied, sans trop de sauvagerie néanmoins.

Comme s'il l'avait violemment blessée, il échappa à son emprise en s'excusant, mais ce faux pas ne fit que provoquer un rire de dryade en réponse.

— Tes pieds vont finir en bouillie avec moi.

— Ne fuis pas, ce n'est rien ! lui assura-t-elle en lui courant après pour le réintroduire dans la danse.

Il accepta de bonne grâce, cependant, peu désireux de lui écraser une fois encore les pieds, il la souleva dans ses bras, la porta et la fit tournoyer en rythme. Livia se raccrocha à son cou et s'esclaffa telle une enfant quand, dans leur fox-trot revisité, ils heurtèrent le sofa et tombèrent à la renverse dessus, Hudson étendu sous son poids.

— J'aurais bien aimé te rencontrer à un bal, s'égaya-t-elle en rampant sur son torse pour rapprocher leurs deux visages et lui adresser son sourire radieux, en harmonie avec les notes pétulantes qui continuaient de donner le ton à l'ambiance.

— Nous aurions fait valser le décor, crois-moi. J'aurais peut-être même déchiré ta sublime robe de vamp hollywoodienne par inadvertance.

— Plutôt pratique pour passer aux choses sérieuses, non ?

— C'est sûr que je n'aurais pas eu à me plaindre dans ces circonstances, avoua-t-il en se redressant légèrement pour poser sa tête sur l'un des accoudoirs et réussir à mieux l'observer.

Livia n'avait pas bougé d'un pouce et demeurait affalée sur son torse comme une chatte oisive et câline.

— On a pas mal avancé avec les meubles, non ?

— Oui. Je n'aurais jamais eu le courage de commencer sans toi.

— Tu pourras vendre les premiers que nous avons raccommodés dès demain. Et ces deux-là seront parfaits pour la pièce aux murs jaunes, dit-elle en faisant référence à l'armoire et la petite table de chevet en cours de restauration. Ils iront bien dans une chambre d'enfant…

— Je songe à transformer cette pièce en chambre d'amis.

— Tu devrais la laisser à sa fonction initiale.

— Je ne compte pas avoir d'enfant.

— Mmm… tu changeras peut-être d'avis un jour. À ton âge, c'est le moment d'y songer, certifia-t-elle d'une voix badine, sous laquelle se devinait un zeste de sérieux.

— Tu dis ça comme si j'étais à l'aube de la cinquantaine.

— Le temps passe vite, Hudson.

— Alors, tu devrais également y songer. Le sujet est bien plus préoccupant pour vous, les femmes, la piqua-t-il tendrement. Avec votre histoire d'horloge biologique...

— J'ai encore une quinzaine d'années pour trouver l'homme qui accepterait de me faire un bébé.

— Tu es déjà prête ?

— Je n'ai pas pour priorité d'avoir un bébé, mais si ça devait arriver maintenant, alors oui, je suis prête.

Livia sentit son ventre se tordre d'émotions à la façon dont les yeux verts la dévisagèrent. Pourquoi étaient-ils en train de parler de bébé ? Comment la conversation avait-elle viré sur ce sujet ? C'était absurde. On ne parlait pas de ce genre de choses avec un amant qui allait bientôt vous quitter !

Un peu embarrassée, elle se redressa pour s'asseoir à califourchon sur lui et se mit à caresser machinalement les reliefs de ses abdominaux. Bientôt, elle se fit rêveuse et son instinct diffusa dans son esprit l'image d'un petit garçon robuste, aux cheveux noirs et aux yeux aussi denses que les jades, qui courrait dans sa direction pour lui réclamer son pistolet à eau.

Livia tressauta en sortant de ses rêveries quand elle sentit les paumes de Hudson se promener sur ses hanches, puis sur son ventre plat. Elle recroisa son regard et l'invita à glisser ses paumes sous le t-shirt, directement sur sa peau tiède et frémissante.

— Livia ?

— Mmm... ?

— Tu me le dirais si tu attendais un bébé, n'est-ce pas ? Même si on s'est toujours protégés et que je me suis retiré la fois où nous étions dans la douche, je sais que les accidents peuvent se produire.

Sans qu'elle ne puisse se l'expliquer vraiment, Livia se tendit à l'entente de cette phrase et relâcha aussitôt ses poignets, un peu vexée. Pourtant, il n'y avait pas lieu d'être agacée. Hudson n'avait rien fait de mal, il voulait simplement s'assurer qu'il ne laisserait pas de grosses responsabilités à sa suite, qu'il n'entraverait pas sa liberté avec elle.

— Ne t'inquiète pas, il n'y aura pas d'*accident* si c'est ce que tu cherches à savoir.

Sa langue se fit plus acide qu'elle ne l'avait voulu. Entre ses cuisses, elle sentit la tension qui s'empara brusquement de son amant. Lui aussi paraissait un peu piqué par son attitude, mais décida de n'en rien laisser paraître.

— Bien.

Incontrôlable, l'image d'une fillette blonde, pas plus haute que trois pommes, aux immenses yeux myosotis, en compagnie de laquelle il jouerait à la dînette au beau milieu de vestiges, s'imposa dans le cerveau de Hudson. Une Livia en miniature, le fruit de leur passion… ce serait la plus belle récompense de sa vie.

Cette évidence le déboussola et sema en lui le désordre. Il nourrissait des désirs qui allaient à l'encontre de ses projets et de ceux de son amante. Il ne devait pas penser à des choses qui ne pouvaient pas excéder la fin de leur aventure, toujours plus menaçante à chaque heure consumée.

Comme si la peau de Livia s'était mise à lui lancer une décharge électrique, Hudson dégagea ses mains de son ventre.

Elle ressentit une froideur au niveau des empreintes invisibles qu'avait imprimées la peau du capitaine, mais chercha à ne pas s'en troubler outre mesure et lâcha avec une tranquillité feinte :

— Nous devons finir la peinture pour que tout soit prêt à temps.

Par cette réplique, Livia épousseta leur brève conversation d'une pichenette imaginaire et se reconfigura un air jovial, seulement pour lui prouver qu'elle n'était affectée par rien.

En réalité, elle pleurait à l'intérieur de son cœur.

Et la raison de ce nouveau mal-être n'était pas encore intelligible.

Chapitre 2

Le surlendemain

La sonnerie d'entrée résonna dans toute la maison de Hudson, suspendant un instant les mouvements de Livia et de Scarlett, affairées à ranger dans des cartons les vieux meubles que le capitaine Rowe voulait remettre à une association. Ce dernier s'était absenté avec les paquets les plus lourds pour une première commission à l'un des antiquaires de la ville.

— Hudson attend de la visite ? s'enquit Scarlett en relevant la tête des cartons.

Placée au fond de la pièce au miroir baroque, Livia haussa les épaules, peu à même de la renseigner.

— Est-ce que tu pourrais aller voir qui c'est, s'il te plaît ? lui demanda-t-elle en retour.

Scarlett s'exécuta en se relevant promptement, puis s'élança d'un pas guilleret vers la porte d'entrée. Elle était de repos ce jour-là et tenait à profiter de ces moments de liberté pour aider Hudson à finir les derniers rangements dans sa demeure et ainsi, se régaler de sa présence. Celle de Livia embellissait l'atmosphère, même si une tension palpable, due au départ prochain du marine, menaçait de la moisir à certains moments. Nul besoin d'être magicienne pour comprendre que ces deux-là s'étaient laissés prendre à leur propre jeu en tombant amoureux l'un de l'autre. Ils partageaient un amour brut et intense, qu'eux-mêmes n'avaient pas encore eu l'audace de s'avouer.

Scarlett arriva devant la porte d'entrée et regarda à travers le judas, découvrant un homme de dos, grand, aux cheveux coupés à ras et blonds. Sans reconnaître la personne, elle tourna la poignée et se présenta à l'inconnu, un sourcil interrogateur sur le visage.

— Bonjour, je peux vous aider ?

L'homme tourna lentement sur lui-même, révélant un look copieusement inspiré d'Indiana Jones, et la vue d'une large cicatrice, reconnaissable entre mille, fit perdre à la jeune femme son air interrogateur pour un visage renfrogné.

— Qu'est-ce que tu fais ici, Dalglish ?

— Je vois que ton aménité est toujours aussi proverbiale, Scarlett, répliqua-t-il, sardonique.

Keir inspecta la rouquine de son regard anthracite. Elle était habillée d'une combinaison vert kaki, à laquelle une odeur de cire d'abeille, de glu et de papier carton était . accrochée, alors qu'un foulard à motif guépard était artistiquement enroulé autour de sa tête en formant un nœud au niveau de la nuque. L'accessoire à caractère sauvage disparaissait dans la longueur de ses boucles, pareilles à des torsades de feu qui dévalaient son corps jusqu'à ses hanches épanouies, plus rondes que la dernière fois qu'ils s'étaient vus.

— Tu as pris du poids, observa-t-il sur le ton professionnel d'un nutritionniste, blasé par l'inobservance diététique de sa patiente.

Il n'avait pas coutume d'être désagréable avec les créatures du sexe opposé, mais c'était différent lorsqu'il s'agissait de cette petite sorcière aux yeux de chat des sables, dont la personne tout entière tendait à le provoquer. Il ne pouvait se contenir de la titiller, c'était plus fort que lui, comme s'il était génétiquement programmé pour cela.

Le regard vert-doré de Scarlett devint orageux et lorsqu'elle plissa son petit nez, Keir vit le frémissement des taches de rousseur qui le parsemaient en s'étendant sur les pommettes telle une traînée d'étoiles.

— Tu es venu jusqu'ici pour m'accabler de tes remarques déplacées ?

Le ton de Scarlett se fit aussi sec qu'un coup de cravache.

— Ne te donne pas autant d'importance, petite renarde. Où est Hudson ?

— Absent pour le moment.

— Je vois.

— Je croyais que vous repreniez votre service demain.

— Je crèche ici ce soir, dit-il avec un coup d'œil pour le sac à paquetage militaire posé à ses pieds, qu'elle n'avait jusque-là pas remarqué. Tu me fais entrer ?

— Tu peux aussi l'attendre dehors.

— En voilà des manières, Scarlett ! s'exclama soudainement la voix distinguée d'une seconde femme, imbibée de cet accent propre aux personnages de Jane Austen.

Bientôt, la porte d'entrée s'ouvrit plus largement en révélant à Keir le visage enchanteur de Livia. À aucun instant elle ne perdit son sourire avenant, même lorsqu'elle découvrit le visage balafré de cet inconnu qui se présentait cavalièrement à la porte. Bien sûr, ses grands yeux, dont les nuances rappelèrent au capitaine Dalglish les gemmes bleues et violettes de la Tanzanie, étincelèrent de surprise, mais elle était bien trop éduquée pour laisser autrement paraître son trouble.

Keir était habitué à supporter les coups d'œil intrigués que les gens faisaient pleuvoir sur son visage la première fois qu'ils le voyaient. Cela faisait six ans que son ennemi avait signé sa barbarie de la pointe de son poignard, défigurant à jamais un portrait déjà taillé à la serpe, à la mâchoire carrée. Mais il apprécia la discrétion de la blonde, sûrement la fameuse femme que fréquentait son ami. Et quelle femme ! Le *nec plus ultra* de la grâce dans sa robe d'été bleue !

Comment cette brute de Rowe avait-il réussi à la capturer dans ses rets ?

— Qui est-ce, Scarlett ?

La rouquine se tourna vers Livia et, tout en indiquant l'étranger d'une main, le présenta comme elle présenterait l'archétype d'un animal sauvage à éviter :

— Capitaine Keir Dalglish, ami de Hudson, coureur de jupons notoire, buveur, joueur et tricheur invétéré, et l'homme le plus impulsif, insolent et grossier que je connaisse. Bref, un homme à ne pas avoir dans son répertoire.

— Merci pour cette brève description, gitane, ironisa le concerné sans se départir d'un large sourire, révélant une dentition parfaite, mais rendue vampirique par une incisive latérale surnuméraire. Je n'aurais pas fait mieux… sauf peut-être à la fin. Tu aurais pu ajouter les adjectifs « drôle » et « sexy ».

— Même pour 5000 $, je ne te ferais jamais ce plaisir.

— On peut s'arranger autrement, tu sais.

Livia passa successivement son regard sur sa compagne, rouge d'irritation, et sur le dénommé Keir Dalglish, ce grand blond à la cicatrice guerrière. Ils dégageaient une impertinence égale l'un envers l'autre et semblaient incontrôlables dans leur volonté à se montrer le plus frondeur.

Maintenant que la jeune femme réfléchissait bien, Hudson avait déjà évoqué son frère d'armes lors d'une conversation et l'avait averti de sa venue aujourd'hui. Mais elle pensait tant au départ de son amant qu'elle en avait honteusement oublié l'arrivée de son ami.

— Hudson m'a dit que vous nous rejoindriez dans la journée, intervint chaleureusement Livia en lui tendant sa main. Je suis Livia Cartmell, son amie et la cousine de Scarlett. Et je suis ravie de faire votre connaissance, capitaine Dalglish.

Oui, une amie. C'était un mot raisonnable et juste. Avec son importance, tout en demeurant inoffensif. Rien d'exagéré.

— Je sais qui tu es, Livia, répondit Keir en étreignant doucement la main que l'Anglaise lui présentait. Dis-moi, on peut se tutoyer ?

— Certainement.

Keir lui sourit avec un éclat d'admiration dans le regard et cela adoucit son visage, que deux irrésistibles fossettes creusaient aux joues.

— Ce sera plus facile entre amis, car si tu es celle de Rowe, tu es également la mienne. Même si Scarlett est une exception.

— Que Dieu me préserve de cet honneur que tu sembles réserver aux autres, répliqua cette dernière en s'écartant de quelques pas. Livia, je te laisse l'accueillir ? Je vais terminer de préparer les cartons.

— Bonne idée.

— Les cartons ? demanda Keir en pénétrant à l'intérieur de la maison, ses yeux suivant la silhouette de Scarlett lorsqu'elle s'éloigna en direction des escaliers.

— Oui. Hudson se débarrasse de plusieurs meubles et nous l'aidons à les empaqueter pour les remettre au quartier historique de la ville. Nous sommes supposés tout donner aujourd'hui.

— Hudson ne mentait pas lorsqu'il disait qu'il allait enfin s'occuper de cette baraque, plaisanta Keir en suivant Livia jusqu'au salon. La façade est comme neuve et l'intérieur semble avoir été dépoussiéré de fond en comble.

Avec un coup d'œil périphérique pour les lieux, le capitaine Dalglish inspecta l'intérieur frais et spacieux qui s'offrait à sa vue. Il y avait toujours les mêmes fauteuils, le même buffet à photos, les mêmes tableaux et les fameuses maquettes du grand-père. Mais une atmosphère nouvelle, à caractère plutôt féminin, s'était emparée des lieux.

C'était les fleurs. Fraîches, présentes à divers endroits, de toutes les nuances de l'été, qui exhalaient autour d'elles un effluve de bonheur, de vie, d'allégresse et d'amour.

— Et cette explosion d'essences florales est exquise. J'ai l'impression de retourner chez mes cousins, en Écosse, continua Keir en déposant son sac au pied d'un fauteuil.

— Hudson m'a dit que tu en revenais.

— C'est exact. J'ai quitté le paradis terrestre pour retourner aux Enfers, plaisanta-t-il en exagérant son accent écossais.

Un sourire fendilla le visage de la jeune femme, soudain charmée par sa manière écossaise de rouler les « r ». C'était celtique, viril et un peu rustique, digne des Highlands. Mais en même temps, il dégageait la décontraction et la langueur des sudistes, avec un côté follement aventurier, dû à ce pantalon de ville café et cette chemise en lin blanc cassé, adéquats pour une ballade à la plage ou une chevauchée dans le Grand Canyon.

— Mais je me suis promis d'y remettre les pieds une fois cette mission terminée.

La mission. La même qui allait expédier Hudson loin d'elle. Cela lui déchirait le cœur et lui donnait l'envie de pleurer, mais elle n'en montra rien.

— Est-ce que je peux te servir quelque chose à boire ?

— S'il y a de la bière, je suis preneur.

Elle acquiesça et lui ouvrit le chemin jusqu'à la cuisine, où Kismet faisait une sieste dans sa cage, une peluche dans les bras.

— Je vois que le mini primate est toujours là, observa Keir en s'installant sur l'une des chaises de la table à manger, tandis que la jeune femme s'éloignait vers le frigidaire pour en sortir une cannette de bière.

— Plus pour longtemps. Hudson va devoir le confier aujourd'hui à son nouveau maître.

— C'est vraiment dommage, ce singe était notre petite mascotte. Hudson a déployé tout son art de la persuasion pour convaincre notre lieutenant-colonel de garder Kismet. Mais c'était dur de le garder. On était obligés de l'enfermer le jour comme la nuit dans sa cage, en compagnie de notre unité cynophile. Il t'a dit que ce petit monstre nous avait sauvés d'un guet-apens ?

— Oui, répondit Livia en revenant vers lui pour lui offrir la bière, qu'il accepta avec un large sourire.

Bon sang de bois, Hudson avait une sacrée chance d'avoir rencontré cette Anglaise avant lui !

— Peut-être même qu'il appartenait à un terroriste avant de devenir notre allié, ironisa-t-il après avoir décapsulé sa cannette et avalé une gorgée de bière. Mais enfin, il sera bien dans la belle campagne environnante.

Keir étendit ses longues jambes devant lui pendant qu'il trouvait une posture plus confortable sur la chaise, sa main libre passée par-dessus le dossier avec nonchalance et l'autre posée sur la table, la cannette toujours dans la paume. Grâce aux manches retroussées sur ses avant-bras, Livia découvrit l'existence de deux tatouages ; le premier figurant sur le bras gauche en caractères romains, qui formaient la maxime « *Carpe Diem* », alors que le second estampillait son avant-bras droit d'une tête d'ours celtique, finement ouvragée et incorporée dans la paume de l'animal en question, au-dessous de cinq griffes acérées. Le tatouage était le symbole d'un totem.

— Puis-je t'inviter à manger quelque chose en attendant l'arrivée de Hudson ? Il y a des cookies et de la tarte aux noix de pécan. Tout fait maison.

Livia se tenait debout face à lui, avenante, serviable, disponible, très charmante dans son ensemble. Une dame de salon de l'époque contemporaine, qui avait été entraînée à l'art de recevoir et de vivre depuis le berceau.

Un éclat d'espièglerie traversa les yeux gris de Keir.

— Sais-tu qu'une tarte aux noix de pécan suffit à me rendre amoureux ?

— Et le charme va-t-il s'opérer plus vite si je te la lance en pleine figure ?

La voix de Scarlett s'éleva derrière eux en attirant leur attention. Keir reporta son intérêt sur la rouquine et répliqua, l'intonation saupoudrée de condescendance :

— La violence est rédhibitoire chez une femme.

— Dixit la Grosse Brute.

— Rappelle-moi qui a manqué de fracasser le crâne de l'autre avec une bouteille en verre ?

— J'ai simplement voulu défendre cette pauvre fille.

— Tu n'avais pas à la défendre, elle était bien contente d'être entre mes bras. Ce qui fait de moi la victime et de toi une « grosse brute ».

— Quelle est cette histoire de bouteille en verre et de pauvre fille ? s'immisça doucement Livia, bien plus divertie qu'embarrassée par leur joute verbale.

— C'était il y a six ans, le soir de notre première rencontre. Je passais un bon moment avec une femme quand ce feu follet diabolique est sorti de nulle part pour m'asséner un coup de bouteille sur le crâne, sous prétexte que j'agressais celle qui m'accompagnait, expliqua Keir sans même laisser l'occasion à Scarlett d'en placer une. Mais en réalité, je pense qu'elle était juste jalouse de ne pas être à la place de cette femme.

Une exclamation outrée étouffa la concernée.

— Tu ne manques pas de toupet !

— Je ne manque pas de toupet ? réitéra Keir, dont la raillerie disparut au profit d'une rancœur non dissimulée. Qui s'est tapé six points de suture par la suite ?

Livia interrogea sa cousine du regard, impressionnée par l'anecdote. Elle savait Scarlett dotée d'un tempérament chaud et hardi, sans détour ni artifice, qui n'hésitait pas à entrer en conflit ouvert avec un interlocuteur, en l'occurrence avec le capitaine Dalglish, un homme certainement taillé dans le même bois. Les enfermer dans une pièce serait comme jeter deux gladiateurs assoiffés de sang dans le Colisée de Rome — le combat s'annoncerait agressif.

— Combien de temps vas-tu encore jouer tes pleurni-
cheuses, Dalglish ? Je me suis excusée plusieurs fois.

— Traite-moi encore une fois de pleurnicheuse et je te
lance dans le premier bayou qu'on trouve.

— Avant de me jeter dans le premier bayou, pour-
rais-tu m'aider à soulever une commode, s'il te plaît ?

Keir haussa l'un de ses sourcils blond foncé, la considéra un petit moment d'un œil perplexe, puis s'adressa à
Livia :

— Elle a vraiment une drôle de manière de demander
mon aide.

Le moteur d'une voiture se fit soudain entendre à l'extérieur de la maison en annonçant le retour de Hudson.
Keir se leva de sa chaise et emboîta le pas aux jeunes
femmes lorsqu'elles s'éloignèrent ensemble vers l'entrée.

Scarlett ouvrit la porte au moment où Hudson grim-
pait les marches du perron, ses Maui Jim rectangulaires
et urbaines sur le nez et un gros pack de bières dans la
main. Keir se plaça derrière la rouquine, un sourire de
ravissement à la vue des boissons.

— Toujours prévoyant pour les provisions d'alcool,
commenta-t-il en guise de salutation.

— Je dois assurer le confort de mes camarades.
Particulièrement le tien, ivrogne.

— Tu gères, mec.

Scarlett s'écarta pour permettre aux deux amis de se
donner une accolade virile, tandis que Livia les admira.
Keir avait peut-être sept ou huit centimètres de moins que
Hudson, mais dégageait une force propre aux hommes de
terrain, et se démarquait par une ossature lourde, capable
d'endurer toutes les épreuves sportives et ancestrales si
chères au cœur des Écossais.

— Je ne pensais pas prendre autant de temps pour déposer les premiers cartons, sinon je me serais fait une joie de t'accueillir comme il se doit, dit Hudson en le relâchant.

— J'ai failli t'attendre dehors, commença Keir en pesant ses yeux sur Scarlett, qui mit ses mains sur ses hanches, la mine impatiente. Mais heureusement, Livia est venue à mon secours.

Il continua en contemplant Livia et Hudson suivit son regard, le cœur enflant de fierté, peut-être la même que ressentait un mari lorsqu'on faisait l'éloge de son épouse.

— Oui, Livia a l'art de mettre les gens à l'aise, ajouta Hudson avec des yeux admiratifs et une chaleur teinta de rose pâle les pommettes de la jeune femme. J'espère que Keir ne t'a pas embêtée.

— Non, il ne l'a pas embêtée, la devança Scarlett, agacée. Il est *charmant* en toutes circonstances, surtout avec moi.

— Ne commencez pas votre manège tous les deux.

— J'y suis pour rien, se défendit Keir. Livia est témoin, c'est le feu follet qui a lancé les hostilités.

Si les yeux verts de Scarlett avaient pu décocher des flèches, Keir serait déjà en train d'agoniser aux pieds de Hudson. Elle ouvrit la bouche avec l'espoir de le rosser d'une belle répartie quand Livia prouva ses compétences en matière de diplomatie avec une intervention souhaitée :

— Je demande l'armistice. Au moins pour cet après-midi.

Scarlett referma sa bouche sous l'expression narquoise de Keir.

— J'allais demander la même chose, avoua Hudson en accordant un coup d'œil à sa paire d'amis. Je vous ordonne de vous tenir à carreau. Si vous ne vous y soustrayez pas, je jure de vous menotter l'un à l'autre pour le restant de la journée, jusqu'au soir s'il le faut.

Hudson arborait son air de capitaine omnipotent, tandis que Livia se mordillait la lèvre pour réprimer sa folle envie de pouffer face à leurs mines scandalisées.

Sidérée par cette menace, Scarlett en laissa tomber ses bras le long de ses flancs et protesta :

— Si tu crois que je vais te laisser m'attacher à ce...

Avec la vivacité d'un agent de la FORECON, Keir s'établit à ses côtés et bâillonna sa bouche de sa main, étouffant contre sa paume le reste de la phrase. Scarlett en demeura stupéfaite, d'autant plus qu'il s'était plaqué · contre son dos dans ses mouvements. Le contact de son corps massif, de sa chaleur envahissante et de son parfum viril, qui assaillait son esprit en traître, finit de la réduire au silence.

— Ne te fais pas de soucis, Rowe, on sera sages comme des images.

Chapitre 3

Red Lion's Bar, Port-Royal
Le soir

Hudson et ses trois frères de cœur étaient comme les quatre éléments d'Empédocle, les quatre côtés du carré et les quatre nobles vérités du bouddhisme. Inséparables, complémentaires et puissants.

C'était ce qu'avait raconté Scarlett à Livia sur le chemin qui les conduisait au restaurant-bar, le lieu où le quatuor devait retrouver Lex et John pour le dîner.

Dorénavant, de ses propres yeux, Livia pouvait ressentir la solide fraternité qui reliait les quatre colosses dont elle et sa cousine étaient entourées.

— C'est notre instructeur qui nous a comparés en premier aux quatre éléments d'Empédocle, expliqua John en plein milieu de la conversation, son bâton de réglisse cette fois-ci fiché derrière son oreille, prêt à l'emploi en cas de besoin.

Cela faisait bientôt deux heures que le dîner avait commencé. Livia avait le plaisir de revoir John, l'aviateur aux cheveux blancs, le complice de son infiltration dans la base aérienne. Exempté de son uniforme et vêtu avec un soin plus recherché que ses confrères, qui trahissait un penchant pour les marques de luxe et la joaillerie masculine, John se révélait être un homme très raffiné et commode, plaisant en toutes occasions. Ses yeux bleus arctiques, extrêmement purs et limpides, ressemblaient à deux glaciers du Nord et donnaient l'impression d'avoir traversé les âges depuis la création de l'univers. C'était le genre d'homme vers lequel on se ruait sans se poser de question, dans la joie comme dans l'adversité.

À ses côtés, Lex avait une attitude plus hiératique et distante, peut-être une posture-réflexe qu'avait forgée son métier d'instructeur militaire. Par son comportement, il s'inscrivait comme l'inverse de Keir. Mais excepté son apparence inquiétante d'agent soviétique en mission d'infiltration, cet autre ami de Hudson l'avait accueillie avec respect et amabilité, sans omettre le regard profond, décrypteur qu'il avait posé sur elle le temps d'une poignée de main. Lui aussi possédait des yeux hypnotiques, un peu terribles, comme s'ils pouvaient voir au-delà des capacités de la vision humaine. Sous des sourcils brun foncé, les yeux ambrés de Lex avaient une étincelle à la fois voluptueuse et farouche, que Livia n'avait jamais vue chez une autre personne.

Œil de bohémien, œil de loup.

Ce dicton espagnol lui était venu en mémoire à sa vue.

— Ouais, c'était le sergent McLean. Chacun de nous a été comparé à un élément, renchérit Keir après une lampée de whisky. L'Eau pour John, l'Air pour Lex, la Terre pour Hudson et le Feu pour moi.

Installée entre Hudson et la paroi de la banquette capitonnée, Livia leva les yeux vers son amant et lui demanda :

— Pourquoi la Terre ?

— C'est solide, sec et statique, d'autant plus que la Terre correspond aussi à un tempérament nerveux, le devança Keir.

— La Terre a besoin d'eau pour se cultiver et s'épanouir. Il s'avère que ton élément, Livia, pourrait être l'eau, lâcha ensuite Lex sans préambule, avec une certitude qui l'intrigua.

La jeune femme questionna Hudson du regard, mais il lui fit comprendre qu'il ajouterait quelque chose ultérieurement.

Comme s'il n'étonnait pas assez l'Anglaise, Lex découvrit de la poche de son pantalon un jeu de tarot, ces vieilles cartes italiennes que ses compères avaient l'habitude de voir, puis disposa le paquet de cartes sur le plan de la table. Livia les observa avec un réel intérêt et sa réaction contenta l'instructeur mystique.

— Voudrais-tu que je te tire les cartes, Livia ?

— Lex, je t'en prie. Pas maintenant, s'exprima Hudson, un peu irrité.

Mais la jeune femme n'était pas de cet avis. Elle dévisagea Lex d'un œil curieux, rencontra de nouveau ses yeux de loup slave.

— Oui, je veux.

Elle ignora volontairement le coup d'œil d'avertissement de Hudson, qui semblait s'être braqué sur sa banquette. Sa réaction lui parut un peu étrange, puisqu'elle considérait le tarot comme un jeu insouciant, agréable pour animer une soirée, mais surtout à prendre à la légère. Du moins, ses expériences passées en la matière avaient toujours été des moments de charlatanisme drôle.

— Lex n'est pas un amateur, Liv, lui apprit Scarlett, tout aussi excitée qu'elle à l'idée de connaître son tirage.

Au fond d'elle-même, Livia la crut. Lex n'avait rien d'un charlatan ni d'un amateur. Il dégageait un magnétisme propre aux individus doués d'un instinct surdéveloppé et d'un don qui frôlait le paranormal.

— Arrête de me communiquer ta nervosité, Rowe, l'avertit Lex en disposant trois cartes devant Livia, qu'il dévoila successivement.

— Je ne suis pas nerveux.

En réalité, Hudson l'était. C'était une sorte d'appréhension qu'attisait l'idée de savoir qu'elle pouvait continuer sa route sans lui à ses côtés. Espérer quelque chose qui irait à l'encontre de cette évidence était complètement absurde, mais il ne pouvait s'empêcher d'éprouver la piqûre de mille petites aiguilles en songeant à ce qui suivrait le lendemain.

Une séparation définitive.

Livia retint son souffle à la découverte du tirage, fascinée par les dessins des personnages et aspirée par l'ambiance ésotérique qui s'était instaurée autour de leur table en les isolant des autres clients.

— Cavalier de bâtons à l'endroit. Reine de coupes à l'endroit. La Mort à l'endroit.

Un silence lugubre se suspendit au-dessus d'eux à l'évocation de la dernière carte.

— La Mort ? souffla-t-elle en cherchant une réponse dans le regard de Lex, qui ne se laissa pas perturber par la confusion de la jeune femme et commença son explication.

— La première carte représente le voyage, le changement de résidence, l'enthousiasme et l'esprit aventureux. La deuxième est le symbole d'un caractère expansif, dévoué et maternel. Quant à la Mort, elle représente une transformation, la fin d'une relation, d'un projet, ou bien la maladie et la mort elle-même. Ce n'est pas forcément la mort de la personne à qui je tire les cartes, mais il peut s'agir de celle d'un individu extérieur, qui est dans son cercle de connaissances ou celle d'un étranger qui aura un impact dans sa vie.

Les derniers mots coulèrent comme des gouttes givrées sur l'âme de Livia et la firent frissonner malgré elle. Hudson resserra son étreinte autour de sa taille, la réchauffant de sa présence.

— Traduction, Lenkov, ordonna ce dernier.

Lex cloua ses yeux à ceux de Hudson, comme pour lui communiquer un message tacite, puis se reconcentra sur Livia et commenta d'une voix nette et vibrante :

— Livia, tu es venue à Beaufort pour trouver la liberté et tu as rencontré des personnes qui te permettent de ressortir ta vraie nature et tes principales qualités, à savoir ta joie de vivre, ton entrain, ton côté maternel et le dévouement que tu accordes à ceux que tu aimes. Ce début de parcours ici a nécessité des ruptures avec le passé, avec d'anciennes habitudes. Mais la nouveauté peut également apporter son lot de dangers ou de drames. Il faut rester vigilante.

— La Mort n'est qu'une allégorie, rien de grave, s'empressa d'ajouter Hudson en rebattant ladite carte pour la faire disparaître de leurs yeux.

— J'aime pas quand il la tire, celle-là. Ça fait flipper ! La dernière fois que j'ai eu la Mort, je me suis pris cette putain de cicatrice et deux balles dans le corps en Opex, ajouta Keir, ce qui ne fit qu'électriser l'atmosphère.

— Pourquoi tu racontes des conneries pareilles, Dalglish ? lui reprocha Hudson en versant du côté de son ami un regard plein d'avertissements.

— Bah quoi ? C'est la vérité.

— Lex, tire-moi les cartes, s'il te plaît, intervint Scarlett en voulant détourner l'attention sur elle afin de détendre Hudson.

Maintenant que Lex se concentrait sur la rouquine, assise entre lui et John, le corps de Livia s'apaisa et elle se pelotonna contre son amant, puis lui chuchota à l'oreille :

— J'ignorais que tu étais aussi sensible au tarot.

— Pas en général. Seulement lorsque c'est Lex qui tire les cartes et les interprète. Ce type a quelque chose de… clairvoyant. Il devine les choses, guérit les corps et les âmes et s'imprègne des émotions des autres. Un don qu'il tient de sa mère.

La jeune femme n'eut aucun doute sur la véracité de ses propos, puisqu'elle était touchée par l'énergie que dégageait Lex. Tout à coup, elle se demanda comment ce marine avait pu vivre ses expériences à la guerre avec une sensibilité aussi aiguisée…

Perdue dans ses questionnements personnels, elle écoutait d'une oreille distraite les nouvelles interprétations de Lex, un peu préoccupée par ce qu'il lui avait dit sur son propre tirage. Il y avait quelque chose d'un peu effrayant dans les cartes ; ceux qui y croyaient aveuglément étaient susceptibles de réaliser la prophétie qu'on leur proposait, de manière inconsciente. Livia ne faisait pas partie de ce type de personnes. Elle croyait en Dieu, avait conscience d'un monde qui dépassait l'entendement et le rationnel, évitait comme la peste les groupes à caractères satanistes, mais n'accordait pas de foi à l'ésotérisme.

Toutefois, au contact de Lex, elle percevait les choses sous un nouvel angle.

Une heure passa durant laquelle le sextuor échangea des anecdotes personnelles. L'atmosphère était plus légère, mais Livia réfléchissait encore aux cartes.

Un peu étourdie par l'ambiance et ses pensées, elle décida de sortir un bref moment du restaurant, sur la terrasse, sous un vieux chêne décoré de guirlandes lumineuses. Là, elle songea aux jours écoulés en compagnie de Hudson, à cette soirée merveilleuse et étrange à la fois, ainsi qu'à demain. Une boule se logeait toujours dans son estomac quand elle réalisait le peu de temps qu'il lui restait encore avec son amant.

— Vous avez l'air triste.

Une voix masculine résonna tout à coup dans son dos en l'extirpant de ses rêveries. D'un mouvement gracieux, elle virevolta sur elle-même et découvrit le visage d'un charmant quadragénaire, propre sur lui, chic, au sourire engageant.

— Je vous ai vue sortir et je n'ai pas pu m'empêcher de vous rejoindre. Vous êtes avec les marines, n'est-ce pas ?

— Oui, monsieur.

— Je n'ai pas cessé de vous regarder durant tout le dîner. Vous êtes très belle. On dirait un ange.

L'étranger la draguait sans ambages et la mit mal à l'aise.

— C'est aimable de votre part, monsieur. Mais pourquoi tous ces compliments ?

— J'ose espérer que vous n'êtes avec aucun d'entre eux et que vous accepteriez de dîner avec moi demain soir.

Livia le trouva effronté et ouvrit la bouche pour refuser en toute diplomatie, mais une voix de basse, celle de Hudson, la devança en jetant dans l'atmosphère une tension suffocante :

— Elle est déjà prise. Demain soir et tous les soirs suivants.

Livia se décala pour découvrir l'imposante silhouette de son amant dans le dos de l'inconnu, l'attitude agressive. Il donnait la vague impression de vouloir jeter le type contre le tronc du chêne.

Hudson se déplaça ensuite jusqu'à elle, passa un bras possessif autour de sa taille et de la même manière qu'un lion qui défend son territoire face à un mâle étranger et malvenu, ses yeux verts avertirent l'autre de ne plus jamais l'approcher.

— Viens, on retourne auprès des autres.

Alors qu'ils s'éloignaient en empruntant le petit chemin menant à l'intérieur du restaurant, il lui ordonna :

— Fais-moi le plaisir de ne plus t'approcher de ce genre d'hommes.

Livia écarquilla les yeux, irritée par ce ton autoritaire.

— Qu'est-ce qui te prend ? Il n'a rien fait de mal.

— Il est malveillant.

— Parce qu'il m'a invité à dîner ?

— Il dégage quelque chose de malsain.

— Ton observation est exacerbée. Je le trouve dragueur et un peu culotté, mais pas malsain.

— Bien évidemment. Son ton charmeur et son look BCBG sont là pour endormir ta vigilance. Ce type a envie de te baiser, un point c'est tout, dit-il sèchement, sans omettre de souligner sa dernière phrase d'un regard assassin.

Piquée d'être traitée comme une jeune femme niaise et inconsciente, Livia se montra sarcastique quand elle parla :

— Ses envies ne sont pas différentes de celles des autres alors.

Hudson en fut heurté, car désormais, il n'était plus seulement question de sexe entre eux. Il y avait un enjeu plus important, qui dépassait toutes les limites qu'il s'était jusque-là imposées… quoi qu'il en soit, la provocation de Livia ne le laissa pas de marbre et le rendit encore plus acerbe, si bien qu'il s'arrêta en plein milieu du chemin, l'interrompant ainsi dans sa marche, pour se pencher vers elle et lui décocher une réplique bien sentie :

— Et on sait tous les deux comment peut se terminer un dîner lorsque tu es charmée.

Son insolence était mordante.

Livia hoqueta, offusquée dans son amour-propre. Une rougeur envahit son cou, ses joues et ses oreilles, tandis que ses yeux s'humidifiaient. D'un mouvement brusque, elle s'écarta de lui, puis leva la main pour le punir d'une gifle tonitruante et magistrale, digne d'une reine bafouée dans son orgueil.

Le contact de sa paume sur sa joue la démangea de mille fourmillements, mais lui assura une satisfaction que les mots ne pouvaient étancher. Bien sûr, à l'époque où elle était avec Miles, elle avait déjà cédé à ce genre de pulsions dramatiques, quand il avait fallu se venger de toutes ses trahisons, mais jamais encore elle ne s'était donnée en spectacle publiquement, devant d'autres clients, face à un homme qui la réduisait à un état de vulnérabilité effrayante.

Cette gifle n'était pas seulement une correction pour son impertinence. Elle exprimait sa nervosité, sa peur et son chagrin. Hudson allait repartir au front le lende-main matin et elle n'était même pas certaine de le revoir un jour ou d'être capable d'effacer les sentiments qu'il avait impitoyablement gravés dans son âme. Livia avait toujours su que leur liaison prendrait fin très tôt. Elle connaissait depuis le début les conditions de leur jeu, cependant, son cœur avait failli dans le respect des règles et s'était viscéralement dirigé vers un chemin périlleux.

Hudson ressentit les brûlures que ses doigts avaient laissées sur sa peau, totalement tétanisé par un sentiment hybride de colère et de douleur. Il avait mérité cette gifle. Il avait même besoin d'une bonne raclée.

S'il avait asticoté la jeune femme, c'était tout d'abord pour une raison simple : lui-même souffrait le martyre à l'idée de devoir la quitter par devoir, l'abandonner à son sort dans une ville encore étrangère, au beau milieu d'une jungle urbaine où des hordes de loups voraces, affamés et malveillants rodaient en guettant une proie. Lui-même avait agi comme un loup la première fois qu'il avait vu Livia, même s'il n'avait jamais nourri de malveillance à son encontre. Et s'il était désormais réduit à l'état pitoyable d'amant possédé, qui ne demandait qu'à vivre et mourir pour elle, ses prérogatives l'empêcheraient de veiller à sa sécurité.

Et puis, Hudson était terriblement frustré.

Frustré d'admettre que le filet du chasseur était finalement retombé sur lui, le tenant à la merci de cette femme qu'il aimait à son corps défendant, avec l'acharnement d'un forcené et l'amertume du commandant qui se sait vaincu d'avance.

Frustré de savoir qu'il ne pourrait jamais rien lui promettre et jamais la posséder entièrement.

Après lui, Livia l'oublierait dans les délices et les merveilles de la Caroline du Sud, alors qu'elle avait buriné en lettres de feu, sans le savoir, son nom dans sa mémoire de vagabond.

Pour la première fois, le marine ne ressortirait pas indemne d'une aventure.

— Tu sais que tu peux être un salaud parfois ? souffla-t-elle, les dents serrées, les poings crispés et les ongles profondément plantés dans les paumes de ses mains, des réflexes destinés à endiguer les larmes qui menaçaient de jaillir de ses yeux.

— Je sais, fut la seule chose qui lui vint à l'esprit.

Celui qui partait était toujours le méchant des deux.

Hudson la voyait nouée d'émotions, les poings blanchis à force d'être contractés, les joues roses et son adorable petit menton tremblotant d'accablement. Il se sentit plus minable que minable et s'avança d'un pas pour la prendre dans ses bras, mais elle se recula en dandinant négativement la tête.

Ce n'était pas le moment de la toucher.

— On devrait rentrer, lâcha-t-il finalement, d'une voix un peu monotone.

Livia tourna les talons et s'éloigna sans l'attendre.

Chapitre 4

Craven Street
Quelques heures plus tard

Livia pénétra dans la chambre de Hudson et alla se poster devant la fenêtre, l'échine courbée, les bras refermés autour d'elle, en proie à une vague de sanglots.

Hudson avait une sainte horreur des effusions de larmes. Cela lui rappelait sa mère quand elle se disputait naguère avec son père ou le suppliait de ne plus la quitter pour le front. Les jérémiades d'une femme trouvaient un écho sinistre dans sa mémoire et son corps. Il n'aimait pas le bruit des lamentations, l'heure des adieux et des numéros dramatiques. Il détestait voir une femme pleurer à cause de lui, pour lui. C'était comme s'imposer des souvenirs que son esprit voulait bannir à jamais, sans toutefois y parvenir.

Hudson s'était toujours arrangé pour éviter les sentimentales. Il n'avait jamais voulu de femme attachante ni encline à s'attacher à lui. Il n'avait jamais voulu tomber amoureux. Mais voilà que Livia s'était dressée un beau jour sur sa route et avait changé la donne.

Finalement, l'amour était pareil à un missile guidé : impossible à éviter.

— Je ne veux pas te mettre mal à l'aise, Hudson... mais c'est plus fort que moi, dit-elle après une profonde inspiration, la voix éraillée.

Le marine ferma la porte derrière lui et réduisit l'espace qui les distançait, silencieusement. Aussitôt, elle sentit la chaleur de son corps dans son dos et se déraidit. Cette promiscuité la rassurait.

— Je sais que je ne suis qu'une aventure parmi tant d'autres…

— Tu es plus qu'une aventure, la coupa-t-il sans détour.

— Une histoire d'un mois, rectifia-t-elle en se décalant un peu de manière à lui présenter son profil délicat, sur lequel s'accrochait un filet de larmes.

— Une histoire qui m'est précieuse.

— Elle peut continuer.

Un nœud de tension se noua dans le ventre de Hudson, qui laissa échapper un petit soupir. Cela trahissait un mélange de désespoir et d'exaspération, qu'il se vouait à lui-même. Depuis le début, Livia n'était pas une femme pour lui et savoir qu'il ne serait jamais qu'un passager dans sa vie le laissait maussade. Mais à trente-trois ans, nourrir des illusions n'était plus acceptable.

— Livia, je ne peux ni te l'assurer ni te demander ça. Je ne serai plus là demain et peut-être que je ne reviendrai plus jamais. Je ne suis pas un boulanger, mais un militaire. Ma vie n'est pas faite pour la stabilité et une femme comme toi n'a pas sa place dans mon quotidien… ou plutôt est-ce le contraire. Je n'ai pas ma place dans ton existence.

— Une femme comme *moi* ?

Elle avait prononcé cette interrogation dans un souffle où la surprise frôlait l'irritation, tout en se retournant complètement pour l'observer à la lueur des lumières électriques.

Hudson ne se laissa pas déstabiliser par son regard de tragédienne grecque, hypnotisant et beau à en souffrir.

Pour toute réponse, il posa ses deux mains à plat sur ses épaules frêles, se pencha un peu et lui répondit de but en blanc :

— Une femme promue à une carrière enviable en Angleterre, à une union magnifique et heureuse avec un homme qui saura t'épauler tous les jours de ta vie. Livia, continuer à garder contact après demain serait une terrible erreur. Je ne voudrais pas m'accrocher davantage à toi en sachant que je ne t'aurai jamais. Ce serait trop douloureux. Je pars pour un an et toi, à la fin de ma mission, tu ne seras plus ici, tu repartiras pour construire ton futur ailleurs, chez toi.

Les lèvres de Livia frémirent pour parler, mais Hudson posa délicatement un index sur sa bouche, lui intimant ainsi le silence en la cajolant avec douceur.

— Toi et moi, c'est l'histoire d'une passion intense, que l'on ne vit qu'une fois dans toute son existence. Je ne te remercierai jamais assez pour les moments que tu m'as offerts... je ne les oublierai jamais. C'est ton image qui me consolera lorsque je serai là-bas. Mais je sais rester lucide. Dès le début, nous savions que ça finirait de cette manière. C'est peut-être brutal, mais tu étais consciente de ce qui nous attendrait lorsqu'on a commencé...

Certes.

Cela n'empêchait pas l'absence d'anticipation quant aux conséquences qui pourraient en découler. L'amour qui concurrençait le désir. Elle n'avait pas vu arriver ce sentiment subversif. Elle l'avait méprisé et détesté à cause de sa relation passée avec Miles, sans se prémunir réellement d'un nouveau piège...

— Qu'est-ce qu'il y a eu entre nous ? osa-t-elle demander.

Merde ! Hudson avait sous-estimé ses sentiments et sa volonté à s'attacher à une femme comme un chien qui se lie à son maître. Il avait commencé par désirer son corps et voilà que c'était son cœur et son âme qu'il cherchait à posséder.

La liberté et les sensations fortes furent les quêtes de sa jeunesse. Dorénavant, c'était cette femme qu'il rechercherait jusqu'à la fin de ses jours, dans le vent, dans le ciel, à travers les traits des autres. Elle était sa Merveille, son Saint Graal, son âme sœur… en somme, elle était tous ces termes légendaires qui promettaient la félicité éternelle. Mais l'existence n'était pas un conte de fées, c'était un polar où la mort guettait à chaque recoin.

Hudson allait crever sans Livia. Cette pensée avait le goût du sable et du sang, mais il allait s'en accommoder.

— Entre nous, c'était puissant. *C'est* puissant.

Il fit glisser son index sur sa joue et le laissa errer jusqu'à son oreille, derrière laquelle il immobilisa l'une des mèches qui lui tombaient sur les joues humides.

Inutile de dire qu'il l'aimait, cela allait compliquer les choses. Il l'aimait, c'était indubitable, mais ce n'était pas suffisant pour lui faire des promesses qu'il ne tiendrait certainement pas. Un homme honnête n'a qu'une seule parole et s'engage à la tenir lorsqu'il pense avoir les capacités de le faire. Actuellement, Hudson pensait n'avoir plus aucune aptitude pour quoi que ce soit.

— On dit que le temps et l'éloignement guérissent les passions.

— Les *petites* passions, révisa-t-elle sans le quitter des yeux, l'air éploré mais digne à la fois. À l'inverse, ils nourrissent les *grandes* passions.

— Livia, nos chemins sont différents…

— Mais ils se sont croisés.

— Pour un temps.

— Qui n'a pas encore fini de s'écouler. Il nous reste une nuit.

— Une nuit.

Hudson insinua ses doigts dans les cheveux de son amante, rapprocha sa tête de la sienne et captura sa bouche pour un baiser langoureux. Livia gémit contre ses lèvres en répondant avec ferveur à cette étreinte désormais familière, désireuse de savourer chaque seconde de ce moment afin de le ciseler dans sa mémoire. Elle voulait tout absorber en elle. La douceur et la fermeté de sa bouche, son parfum, sa chaleur, le contact de ses mains dans ses cheveux, la pression de son corps contre le sien…

— Laisse-moi t'écrire. Au moins une fois, souffla-t-elle au moment où il la soulevait dans ses bras pour la guider jusqu'au lit.

— Non.

— Pourquoi ?

— Parce que je ne pourrai pas résister à l'envie de te répondre et cela mènera à une correspondance vaine. Nos chemins se sont rencontrés, mais nos avenirs ne se coordonnent pas. Nous avons chacun des prérogatives, dans deux espaces géographiques éloignés, et cette réalité me fait déjà assez souffrir. Écrire, c'est espérer, puis déchanter.

— Je ne demande pas de réponse.

— Je t'ordonne de ne pas m'écrire, insista-t-il en l'étendant sur la surface du matelas, avant de la recouvrir de son corps, son médaillon et ses plaques militaires sortant de son t-shirt pour se balancer au-dessus du visage de Livia.

La jeune femme n'avait pas pour habitude d'essuyer un refus aussi péremptoire, surtout de la part d'une créature masculine. Mais si elle pouvait faire de simples prétendants tout ce qu'elle désirait, le résultat était différent lorsqu'il s'agissait de ses amants. Elle était leur victime. Si Miles s'était révélé être un fabulateur né et l'avait manipulée, Hudson se démarquait par une honnêteté à la limite de l'indisposition et s'apprêtait à l'écarter de sa vie d'un simple claquement de doigts.

Les hommes étaient des êtres abjects et égoïstes. Ils séduisaient les femmes sans mesurer la portée des émotions naissantes, puis les jetaient comme de vulgaires sachets d'infusion lorsqu'ils avaient fini d'apaiser leur soif de prédateur.

Dans son esprit, Hudson pensait les préserver en voulant couper les ponts, et même si cela semblait être la plus raisonnable des décisions, Livia savait en son for intérieur que la séparation serait bien plus dure à appréhender qu'elle ne le croyait.

Les larmes avaient séché sur le visage de la jeune femme. Il l'avait prévenue depuis le début. Pleurer encore relèverait du ridicule. Si elle ne contrôlait pas les pulsations de son cœur et l'émergence de ses sentiments, au moins pouvait-elle influencer sa raison. Il ne leur restait qu'une nuit, autant en profiter et se nourrir d'un souvenir mémorable.

C'était la seule chose qu'ils pouvaient encore s'offrir.

Hudson tentait de sonder ses pensées et à la manière intense dont il la couvait du regard, elle sut qu'il lisait en elle comme dans un livre ouvert. Il la perçait à jour et semblait comprendre tout ce qu'elle éprouvait.

Lui aussi souffrait. L'étincelle qui enrichissait de nuance claire ses yeux révélait une émotion douloureuse. Elle n'était pas qu'une simple maîtresse de passage, une femme dont il oublierait les traits le lendemain matin. Ils avaient partagé des moments forts au court de ses quatre petites semaines et avaient ainsi tissé un lien inestimable.

Si elle ignorait tout de ce que son cœur d'homme ensevelissait dans ses anfractuosités, au moins pouvait-elle se consoler de la passion et de la tendresse qu'il lui portait. C'était amplement suffisant pour soulager les mois de solitude à venir.

— Aime-moi, Hudson, le pria-t-elle en capturant fermement son médaillon et ses plaques entre ses doigts pour l'attirer davantage vers elle. Aime-moi comme si ta vie en dépendait.

Chapitre 5

— Tu crois qu'ils se sont réconciliés ?

Depuis le salon, Keir et Scarlett faisaient mine de s'intéresser à un épisode des *Desperate Housewives* alors même qu'ils se préoccupaient de ce qu'il se déroulait à l'étage supérieur. Scarlett avait posé sa question avec une pointe d'appréhension, mais son interlocuteur voulut la rassurer d'un sourire espiègle.

— Ils sont là-haut depuis quinze minutes. Hudson amadoue les gens les plus sceptiques en moins de temps que ça. Crois-moi, ils sont en train de se dire adieu de la plus plaisante des manières.

— Livia peut se révéler têtue.

— Elle est trop mordue pour lui résister.

— Il est aussi mordu qu'elle. Ils ne se sont pas quittés d'une semelle en l'espace d'un mois. Ça a été un véritable coup de foudre entre eux.

— Ouais, on dirait, approuva Keir avant de porter sa cannette de bière à sa bouche.

Scarlett l'épia en tapinois et observa le mouvement de sa glotte quand il ingurgita une gorgée en fermant les paupières, l'air satisfait et apaisé. Il abandonna sa nuque sur le dossier du sofa et ses traits se détendirent graduellement. La rouquine profita de ce moment pour mieux le jauger.

Keir était à l'antipode des jeunes premiers et de l'image du gendre idéal selon les critères cinématographiques des vieux films qu'elle adorait, autrefois incarnés à Hollywood par Louis Jourdan ou Rock Hudson. Il exsudait une virilité primitive à la Stanley Kowalski dans *Un tramway nommé Désir*, de telle sorte qu'il ne serait pas étonnant de sentir sur sa peau l'odeur du tabac, de la sueur et de la suie. Sa personne dégageait un je-ne-sais-quoi de rustique, à la fois agressif et aguichant.

Sans surprise, Scarlett ne le trouvait pas beau – de toute évidence, elle avait une préférence pour les bruns. Toutefois, il fallait avouer que son profil régulier et les fossettes qui creusaient ses joues possédaient un charme qui ne la laissait pas de marbre.

— Tu es en train de me reluquer, releva-t-il sans même ouvrir un œil.

Le cœur de Scarlett s'accéléra. Comment pouvait-il le savoir alors que ses yeux étaient fermés ?

Honteuse et un poil vexée d'être démasquée, elle se renfrogna et marmonna en croisant ses bras contre sa poitrine :

— Même pas en rêve.

— Je sens la chaleur de ton regard sur moi.

— Tu te fais des films.

Il rouvrit à demi les paupières et tourna son visage dans sa direction pour l'emmitoufler d'un regard que l'on ne pouvait étiqueter, tour à tour lascif, frondeur et nonchalant. Un pacha oisif et fort de sa puissance aurait pu lui darder un regard semblable.

Outre ses fossettes, ses yeux dessinés en pointe de flèche et de couleur anthracite ne manquaient pas de séduction. On aurait dit deux bouts d'acier posés sur un fond blanc, sous des paupières tombantes qui étrécis-saient son regard en lui conférant aussi de la profondeur.

— Dis-moi, petite renarde, est-ce qu'un mec t'a déjà touchée ?

Décidément, cet homme n'avait aucune manière.

Scarlett rougit jusqu'au blanc des yeux, sincèrement ébahie par cette question indécente, puis cafouilla :

— T'es... tu n'es qu'un personnage grossier. On ne demande pas ce genre de chose à une femme !

Les lèvres fines de Keir se retroussèrent sur sa dentition carnassière, avec une suffisance qui manqua de la mettre hors d'elle-même.

— C'est bien ce que je pensais.

Il redressa sa tête du dossier et la détailla de long en large, ce qui eut le chic d'agacer la jeune femme, soudain humiliée par cette façon de la considérer comme si elle n'était qu'une pouliche à vendre.

— Qu'est-ce que tu veux dire par là ?

— Tu es vierge.

Nul doute dans la voix du capitaine.

Le teint de Scarlett vira à un rouge préoccupant, si bien qu'avec ses cheveux roux elle prit l'apparence d'une véritable torche humaine. Sa peau quasi translucide était une vraie plaie lorsqu'il s'agissait de camoufler ses états d'âme, car elle laissait tout paraître au grand jour, en particulier sa gêne.

Afin de contrebalancer son embarras, la jeune femme lança une réplique défensive en plantant son regard dans le sien, le visage assombri par la rancune :

— C'est toujours plus honorable que d'être un opportuniste sexuel.

— Tu as une haute opinion de moi, feu-follet. Je suis moins dépravé que tu sembles le croire.

— Et je suis moins innocente que tu sembles le croire également.

— En lisant des romans à la guimauve où l'héroïne croit sa réputation perdue à chaque fois qu'un homme voit ses chevilles ? la nargua-t-il.

— C'est cela, moque-toi de moi. Je te rappelle que je suis infirmière et que j'ai vu autant de pénis en deux ans de carrière qu'une prostituée en dix ans de tapin.

— Oh, je vois. Et cela fait de toi une femme expérimentée, peut-être ?

Au frémissement de ses petites taches de rousseur, Keir sut qu'une envie de le gifler la démangeait. Elle pianotait d'ailleurs ses doigts sur ses genoux, l'air impatient, mais loin de s'en inquiéter, le militaire voulait poursuivre ses taquineries.

— Ça fait de moi une femme avisée.

— Mmm... les hommes que tu as pu ausculter ne t'ont pas laissé bonne impression pour que tu te muselles toi-même dans l'abstinence. À moins que personne ne veuille de toi...

— Rassure-toi, j'ai plusieurs dossiers en cours, mais contrairement à la bête en rut que tu es, je me contiens pour faire le meilleur choix, objecta-t-elle avant de lui présenter son profil délicat d'un mouvement hautain de la tête.

Elle aurait aimé évoquer le lieutenant Warren, mais après une autre rencontre fortuite aux urgences, elle avait découvert, à son plus grand désarroi, que le pompier entretenait déjà une relation.

— Des dossiers en cours ? Voyez vous ça ! Laisse-moi deviner : un octogénaire hospitalisé pour la prostate et un quinquagénaire impuissant qui compte sur tes petites pilules bleues pour faire de toi une femme au sens biblique du terme ?

Ce fut la provocation de trop.

La seconde suivante, Keir se prit un coussin en pleine figure.

— Je préférerais un octogénaire aux problèmes de prostate ou un quinquagénaire impuissant plutôt que de te compter parmi mes prétendants !

— Tu ne sais pas ce que tu perds, dit-il en remettant le coussin sur le canapé, sous son bras.

— Descends d'un étage, Dalglish. Tu n'es pas un cadeau.

— Je n'ai jamais dit que j'étais un cadeau. Par contre, je ne suis pas un mauvais coup.

— C'est l'argument que tu sors aux femmes avant de les baiser ?

— Non, généralement, je n'ai pas besoin de parler.

— Purement primitif, c'est ça.

— Appelle ça comme tu veux, rétorqua-t-il avant d'avaler une autre gorgée de bière. Mais jamais aucune d'elles ne s'est plainte.

— Je suis là pour les plaindre.

— Et moi, je remettrai une Navy Cross à l'homme qui saura te dompter. Enfin, si je suis encore en vie pour voir ça.

— Pourquoi tu parles comme ça ?

— Parce que demain je ne m'envole pas pour faire la cueillette.

Étrangement, le regard que Scarlett posait désormais sur lui n'était plus sombre. Il n'y avait ni exaspération ni colère dans ses prunelles vertes, mouchetées de pépites d'or et d'argent. Elle avait ses yeux d'infirmière, d'ange gardien, estampillés d'empathie et de douceur. Une soignante l'avait déjà contemplé de cette manière lorsqu'il avait manqué mourir à la suite d'un combat. Dans sa douleur et sa rancœur, ce regard l'avait apaisé, comme en cet instant.

Soudain, une évidence s'imposa dans son esprit : Scarlett devait avoir une horde de prétendants, et pas uniquement des reliques aux corps malades. Non, elle devait être courtisée par beaucoup d'hommes, des vigoureux et des bagarreurs comme lui, des salopards aussi, qui luttaient contre la vie pour recevoir en récompense un regard pareil. Doux, lumineux, bienveillant et maternel.

Scarlett était vraiment belle. Depuis qu'ils se connaissaient, c'était la première fois que le capitaine acceptait cette évidence. Oui, elle était belle à croquer. Peut-être qu'elle n'était pas conforme aux diktats de la société, ni façonnée comme les mannequins sculpturales de Victoria's Secret, mais elle était profondément belle. Ce n'était pas le genre de beauté que l'on remarquait au premier abord, à l'exemple de Livia, qui tétanisait sur place dès qu'on la découvrait. Pour remarquer la splendeur de Scarlett, il fallait prendre le temps d'étudier le mouvement délicat de ses sourcils en virgule, d'apprécier la forme et la couleur de ses yeux, bordés d'épaisses franges de cils auburn, dont chaque battement donnait l'impression de pouvoir souffler une bougie. Il fallait s'attarder sur ses petites taches de rousseur, sur la courbe parfaite de son petit nez, sur celles de son visage en forme de cœur et la douceur de ses lèvres naturellement rose foncé. Elles n'étaient ni trop fines ni trop pulpeuses, mais seulement comme il les préférait.

Sans parler de sa longue chevelure flamboyante et de ses courbes… Scarlett ne pouvait pas poser pour la couverture de *Grazia*, mais au moins faisait-elle envie par les promesses qu'offrait un corps pulpeux et bien proportionné. Si elle n'était pas destinée à se pavaner sur les podiums, elle était le genre de femme qu'un homme comme Keir aimait serrer dans ses bras sans craindre de la blesser.

Scarlett dégageait un charme sauvage, naturel et rassurant. Elle exerçait le même attrait qu'un ruisseau, qu'une pivoine, que le miel, que la lune elle-même. Elle avait le charme de toutes les petites merveilles de la Nature.

— Tu sais que tu n'es pas laide ?

La jeune femme fut prise de court, mais soupçonnant une plaisanterie de mauvais goût, elle ne se laissa pas déstabiliser et rétorqua sans cacher sa lassitude :

— Je dois le prendre comme un compliment ?

— C'est un compliment.

Keir avait le visage sérieux et cette expression l'étonna bien plus que son commentaire.

— Tu t'attends à ce que je t'en fasse un en retour peut-être ?

— Si tu me dis que je suis beau, je le prendrai comme une insulte à mon intelligence.

— Tu n'es pas beau.

— Merci.

Un sourire canaille se ficha dans la courbe de ses lèvres et esquissa l'ombre d'une fossette. Scarlett en frémit d'émotion. Ses fossettes allaient finir par la métamorphoser en bécasse.

— J'aimerais faire une dernière balade avant de quitter le pays. Ça te dit de manger une glace le long de la plage ?

Scarlett crut mal entendre. Keir Dalglish lui proposait de manger une glace au bord de la mer, rien que tous les deux. On frôlait la folie.

— Qu'est-ce qui te prend ce soir ?

— J'ai envie d'être romantique.

— Romantique ? répéta-t-elle comme si c'était la première fois de sa vie qu'elle entendait ce mot.

— Oui, romantique.

— C'est… c'est un rencard que tu me proposes là ?

— Ne prends pas tes rêves pour la réalité, petite renarde. Je te propose juste une ballade et une glace, pas un dîner aux chandelles à Paris.

Comme elle gardait le silence, qui trahissait une attitude dubitative, il enchaîna :

— Je pars dans moins de vingt-quatre heures et je n'ai pas envie de les gaspiller ici, surtout que mon ami est accaparé par des priorités bien enviables. J'aimerais seulement passer du bon temps en ta compagnie et en profiter pour qu'on refasse connaissance. On n'a pas procédé de la bonne manière la première fois qu'on s'est vus.

— Tu veux faire la paix ? souffla-t-elle, estomaquée.

— Je ne sais pas si ça va aboutir à une paix, mais on peut toujours essayer de se parler comme des gens civilisés. Je ne sais presque rien de toi.

— Pourquoi, tu veux apprendre à me connaître… ?

— C'est mieux que de suivre les aventures abracadabrantes de ces quatre nanas, non ? répondit-il avec un petit geste de la main en direction de la télévision.

Keir semblait vraiment sincère et pour la première fois, il faisait montre de bonne volonté.

— Je suis partante, mais promets-moi de ne pas me réserver un coup tordu, comme me jeter dans la mer par exemple.

Le sourire fripon s'élargit.

— Promis.

Chapitre 6

— Je t'en prie, Hudson… dépêche-toi.

Livia était en train de défaillir, mais le capitaine ne semblait pas s'en inquiéter, bien au contraire. Agenouillé devant le rocking-chair où la jeune femme frémissait d'impatience, paré comme elle de sa sublime nudité, il soufflait de l'air chaud sur la longueur de ses cuisses, attrapant bientôt l'une de ses chevilles pour la porter à sa bouche.

Livia libéra une plainte ouatée quand Hudson commença à lécher les pourtours de la malléole latérale de sa cheville, imprimant sur sa peau une humidité tiède, la même qui s'était mêlée à l'essence de sa bouche et de son sexe pendant leur première étreinte.

— Laisse-moi aimer chaque centimètre carré de ton corps, mon ange. En lenteur, répliqua-t-il en retraçant désormais du bout de sa langue les petites veines bleues qui sillonnaient son pied.

Autrefois, Livia n'aurait jamais pensé que cette partie de son autonomie serait aussi érogène. C'était peut-être le territoire le plus sensible de toute sa personne. Une sorte de poudrière qui, une fois allumée, déchargeait en elle des ondes excitatrices.

— Tu es déloyal…

La jeune femme le sentit sourire contre les orteils qu'il s'était mis à baiser individuellement, avant de mordre dans la plante hypersensible de son pied. Là, elle s'accula contre le dossier en osier du rocking-chair, sentant sur la peau de son dos la nature rêche de ce matériau, pendant que ses mains en crispaient les accoudoirs.

— Et c'est loin d'être terminé, mon ange…

Il était peut-être une heure ou deux du matin. Ils savaient tous les deux que leurs amis s'étaient volatilisés dans la nuit de Beaufort et comptaient bien s'aimer une dernière fois sans la moindre restriction.

— Je veux passer ma nuit à te déguster, à m'abriter dans ton corps si merveilleux, princesse.

Hudson scanda ses propos en abandonnant son pied pour saisir ses jambes aux mollets, tirer dessus avec promptitude, ce qui eut pour effet d'agencer le bassin de son amante au bord du rocking-chair, avant de les écarter sans ménagement.

— Hudson ?

Livia s'était redressée par réflexe, mais n'eut même pas le temps de riposter que ses genoux se retrouvaient déjà positionnés sur les accoudoirs du siège. Un vent frais s'infiltra entre ses cuisses pendant qu'elle s'adaptait à cette position très érotique.

Désormais, son sexe était impunément offert au regard farouche de son amant pétrifié, dont seule la verge à moitié érigée fut réactive à un tel spectacle en s'allongeant avec violence.

Oh, bordel…

Sous la faible luminosité de la pièce, il admira la beauté de cette intimité unique, déjà moite de leur première étreinte, du désir incandescent qui se répandait insidieusement dans leurs organismes.

— Je ne pourrai jamais me lasser de te regarder, de te dorloter…

Il ne chercha pas à continuer sa phrase et se pencha dans sa direction, égarant ses lèvres sur ses replis intimes.

Dans l'incapacité de maintenir une posture digne, Livia se laissa tomber une nouvelle fois contre la paroi du fauteuil, totalement tremblotante sous l'exploration linguale de son amant. Ses mains quittèrent les accoudoirs où ses jambes restaient difficilement maintenues, puis se perdirent sur le crâne de Hudson. Sans concession, elle planta ses ongles dans son cuir chevelu, tendit son bassin vers l'avant, en demande constante de ses caresses, vorace de ses pénétrations toujours plus profondes.

— Oh oui, lèche-moi…, soupira-t-elle en se redressant avec peine pour admirer sa tête enfouie entre ses cuisses, autant délectée du plaisir qu'il lui offrait que de l'indécence de la scène qu'ils jouaient.

— Tu es exquise, Livia…, marmonna-t-il contre son pubis, avant de redresser un peu le visage pour croiser ses yeux voilés, fascinés par le spectacle qu'il lui offrait.

— Je vais jouir tout de suite…

— Je n'attends que ça, mon ange.

Ce diabolique Hudson esquissa un sourire satisfait, puis l'agrippa aux hanches afin d'approfondir son exploration, goûtant et goûtant encore avec un appétit famélique cette source cachée et tellement adorée, qu'il n'aimerait certainement plus jamais à l'avenir.

Sa précieuse saveur, il la chercherait toute sa vie. Comme la quête d'un plaisir fantôme qu'il ne pourrait plus reproduire, même avec des centaines d'autres femmes.

Sa Livia était irremplaçable.

Comme je t'aime.

Les gémissements que la jeune femme exhalait ne faisaient qu'accentuer la teneur des sentiments égarés dans leurs cajoleries. Encouragé dans son action, Hudson se montra plus ardent et exigeant, si bien qu'au bout d'une minute d'assaut frénétique, son amante fut submergée par un tsunami orgasmique, dont l'écume des vagues se répandit avec force dans la bouche du marine.

— Hudson !

Il recueillit sur sa langue et ses lèvres ce nectar de volupté, s'en gorgea avec fierté, puis releva lentement la tête vers le haut.

La respiration sporadique, le corps recouvert d'une fine pellicule de sueur, les cuisses toujours aussi largement écartées et la tête abandonnée avec paresse contre le dossier du fauteuil, Livia incarnait l'érotisme féminin dans ce qu'il avait de plus pur et artistique.

À la voir aussi molle et pantelante, Hudson sentit son sexe se tendre davantage, sur le point d'évacuer le gisement de jouissance qui grondait en lui.

Il devait la pénétrer, sans préambule.

D'un geste impatient, il saisit le petit sachet du préservatif posé à terre, près de lui, le déchira et en sortit la gaine de latex, qu'il roula fébrilement sur son mât de chair brûlante.

— Je dois être en toi, mon ange.

Son ton pressant dessina sur les lèvres de l'amante un sourire satisfait. Si cet orgasme avait un peu diminué son désir, elle était plus que jamais disposée à répondre à ses attentes. Aussi vite qu'il le lui réclamait.

— Descend de là ou on va péter ce rocking-chair, dit-il en se redressant sur ses genoux pour l'attraper à la taille, la porter et l'aider à quitter le fauteuil.

L'instant d'après, Livia se retrouvait plaquée contre son torse chaud, avachie sur ses cuisses pendant que les siennes s'enroulaient maladroitement autour de ses hanches étroites, avec pourtant assez d'adresse pour sentir la dureté de son pénis à l'intérieur de sa jambe droite.

À ce contact, un petit rire féminin survola leurs têtes.

— On dirait de la pierre...

— Chevauche-moi, Livia, souffla-t-il en enfouissant sa tête dans son cou pour la suçoter au niveau de la carotide, ce qui l'aida à percevoir entre ses lèvres la pulsation vivace de son sang.

Une pluie de frissons coula sur l'échine de la jeune femme à l'entente de son ordre.

Il voulait de la domination, une chevauchée endiablée? Bien, elle allait lui montrer combien elle aimait son sexe, son corps, son être tout entier. Cette étreinte devait le marquer au-delà de toutes les frontières qui les sépareraient.

— Allonge-toi, Hudson.

La jeune femme s'était exprimée sur un ton enroué, quasi autoritaire, qu'elle ne se connaissait pas.

En bon soldat, il obtempéra sans jamais desserrer son emprise sur les hanches de son amante, puis la vit se pencher dans sa direction, ses seins tendus de désir se collant à sa poitrine en même temps qu'elle frôlait ses lèvres des siennes :

— Lâchez-moi, capitaine Rowe.

— Hors de question.

Et pour assouvir sa faim d'elle, sa bouche s'empara de la sienne tel un boulet de canon s'écrasant contre la paroi d'un rempart ; l'impact fut brutal. Incapable de résister à cette offensive, Livia répliqua d'une énergie égale, léchant sa langue, baisant ses lèvres, bataillant avec une fougue débridée. En parallèle, ses mains fines décrochaient celles qui pétrissaient ses hanches pour les placer au-dessus de la tête de son amant.

— Laisse-moi faire, champion…, le rassura-t-elle comme il grommelait de ne pouvoir la toucher à sa convenance.

Assurée qu'il lui obéissait, Livia se redressa sur la poitrine de Hudson, puis se détacha de son corps afin de lui tourner le dos. Là, elle le chevaucha de nouveau en s'installant au-dessus de son bassin, les mains en appui sur le haut des cuisses masculines en même temps qu'elle infléchissait le bas de son ventre en direction de sa verge parfaitement dressée. Quand leurs deux sexes s'effleurèrent, le militaire perdit tout sang-froid et replaça ses poignes sur ses flancs pour la pénétrer d'un impérieux coup de reins.

Si Hudson grogna de soulagement, Livia se perdit dans un cri de délectation totale. Son corps s'arc-bouta vers arrière en faisant adopter à son dos une courbure très gracieuse, alors que ses doigts pressaient les jambes de son amant sans douceur. C'était intense, à la limite de la douleur tant le plaisir était long et épais. Elle le garda prisonnier dans son ventre, sans bouger, savourant seulement ses pulsations nerveuses avec calme. On aurait dit qu'un second cœur battait dans son corps tant les vibrations étaient puissantes.

— C'est tellement parfait, mon ange… tu as été modelée pour moi seul.

Il y eut une pression possessive sur le bas de son dos. La jeune femme tourna la tête sur le côté, présenta à son amant son profil en demi-teinte, où il pouvait toutefois deviner l'arrondi d'un sourire érotique. Sa chevelure d'or se répandait sur ses épaules et ce détail souligna la beauté de ce portrait instantané, que Hudson photographia dans sa mémoire.

Elle approuvait ses propos.

— Mmm… jamais un autre ne me donnera autant de plaisir…

L'orgueil de Hudson s'engorgea de cette confession, son instinct d'alpha en fut apaisé, mais au fond de lui, il savait que cela n'était pas vrai. Un jour, un autre viendrait occuper le rôle qu'il n'était pas en mesure d'assumer. Et Livia redécouvrirait le plaisir dans les bras de cet autre.

Saloperie d'inconnu !

Il avait déjà envie de le buter.

Comme si elle avait deviné sa nouvelle irritation, Livia parut vouloir le divertir en soulevant les hanches pour lui imposer un très lent va-et-vient.

— … tellement agréaaable…

D'un second aller-retour, Hudson balaya ses inquiétudes et se laissa entraîner dans cette danse voluptueuse, cadencée de déhanchés langoureux et de gémissements lourds.

— Quand tu seras seul là-bas, je veux que tu te souviennes de nos nuits… que tu penses aussi à celles qu'on aurait pu vivre s'il n'y avait pas eu ta mission…, le pria-t-elle en se cambrant vers l'avant pour se retenir aux mollets du militaire et trouver un nouvel angle de friction, plus oblique. Mmm… c'est mieux comme ça !

— Putain… oui…

Toujours parfaitement étendu sur le sol, Hudson put admirer de sa position la vue plus avantageuse qu'elle lui offrait de ses fesses et son sexe. Les deux globes de chair ivoire, parcourus d'ombres cuivrées sous la faible luminosité, rondement modelés et fermes sous ses caresses, coulissaient avec langueur à chaque fois que son bassin se mouvait au-dessus de lui.

C'était une image si concupiscente qu'il s'en lécha les babines en même temps que son pénis durcissait plus fort dans son vagin désormais glissant.

— Tu hanteras toujours mes nuits, mon ange... tu as un derrière sublime...

Afin d'illustrer ses propos, il tendit les bras, saisit entre ses doigts explorateurs la chair de ses deux fesses et commença à les malaxer amoureusement, sans jamais interrompre sa douce chevauchée.

— Tout t'appartient, Hudson... absolument tout.

Il eut un grognement de contentement, lequel se transforma en un puissant gémissement quand le rythme de leur coït gagna en vélocité et fièvre.

Livia s'était appuyée plus fortement sur les mollets de son amant pour le chevaucher sans merci, brûlante de sueur, les yeux plissés à la montée de larmes jouissives et la bouche arrondie sur des halètements rauques. Sur des charbons ardents, Hudson s'était quant à lui redressé en position assise, appuyé en arrière sur une main tandis que l'autre recouvrait de sa paume le pubis de la jeune femme en guise d'attache, ses doigts taquinant avec art son clitoris boursouflé.

— Mmm... vas-y, Livia... j'aurais tellement aimé ne pas avoir de barrière... pouvoir me répandre en toi... jusqu'à la dernière goutte.

Elle sanglota une affirmation, totalement en phase avec ce fantasme.

— Un jour...

Livia ahanait en accélérant toujours plus le mouvement de ses hanches, si éperdue et magnifique qu'elle renvoyait l'image d'une bacchanale en transe, ravie de se masturber sur le phallus de Dionysos en pleine cérémonie orgiaque.

— Aaah... Hudson... ton sexe...

— Tout est à toi aussi..., assura-t-il dans un souffle, sa paume frottant insolemment contre son bourgeon hypersensible en lui arrachant un long cri aigu. J'aime te voir perdre le contrôle, mon ange...

Si les sensations étaient merveilleuses pour le capitaine, la vue de ce corps décomplexé sur le sien et celle de leurs deux intimités unies, musiciennes d'une succion éloquente qui trahissait la jouissance imminente, finit de le rendre fou.

Dans un rugissement franc, le militaire céda à cet orgasme dont les effets le firent trembler jusqu'à la racine des cheveux, le forçant à se retenir en arrière sur ses coudes, les muscles bandés d'efforts pendant que son regard flou se perdait dans la contemplation d'un plafond à moitié éclairé. En éprouvant la déflagration de cette jouissance entre ses cuisses, Livia se cambra en pinçant par inadvertance les mollets de son amant, cria son nom avec énergie, les yeux révulsés de délice, puis s'abandonna à l'orgasme, comme fragmentée par une catapulte de plaisir qui l'avait propulsée vers le ciel et dont elle été retombée totalement épuisée.

Après un quart de minute de silence, qui permit aux deux amants de reprendre leurs esprits, Livia se redressa sur le corps de Hudson, gardant toujours jalousement son membre entre ses cuisses ramollies, puis s'étira avec cette paresse sensuelle de félin.

Le marine s'assit à son tour pour l'enlacer dans ses bras, coller leurs deux corps humides de luxure et la caresser sans vergogne. Il dorlota ses seins, son ventre, taquina son nombril et descendit plus bas encore, jusqu'à son clitoris.

— Je voudrais passer ma vie à te faire l'amour, lui chuchota-t-il à l'oreille et elle plia l'un de ses bras vers l'arrière, au-dessus de son visage afin de plaquer une paume sur la partie inférieure de son crâne à lui.

Là, elle caressa du bout des doigts ses petits cheveux noirs et raides alors qu'il l'incitait à tourner la tête sur le côté pour rapprocher leurs deux bouches et s'embrasser.

Livia obéit et leurs lèvres se scellèrent l'instant d'après sur un baiser humide et vivace. L'énergie n'avait pas totalement déserté leurs muscles, au contraire, ils paraissaient encore assez remuants dans leur quête du plaisir commun.

— Et moi, je voudrais me donner à toi à jamais...

Ici, dans l'intimité de leur chambre, la Terre et son indifférente rotation n'existaient plus. Aux réalités de la vie se substituait l'union inlassable de leurs corps, de leur amour. Ils ne pensaient à rien d'autre qu'à s'aimer de la façon la plus primitive qui soit.

À s'aimer, tout court.

Chapitre 7

Le lendemain

L'aube s'élançait dans le ciel en semant sur son passage des guirlandes de lumières mauves, orangées et dorées. Ces couleurs chaudes et douces s'infiltrèrent dans la chambre de Hudson en nimbant la pièce d'un puits de clarté tamisée. Leurs reflets s'accrochèrent aux courbes des deux corps étendus sur le lit blanc, silencieux et amoureusement enlacés dans leur sommeil.

En réalité, seule Livia dormait. Alanguie sur le torse de Hudson, ses jambes entremêlées aux siennes, sa tête lovée contre sa poitrine, elle ressemblait à la première femme de la Création, divine, angélique, paisible. Merveilleusement paisible. Le masque de l'innocence sur son visage assoupi éblouissait son amant. Nul cauchemar, nulle culpabilité ne venaient plisser cette peau de lys, ses sourcils blonds et cette bouche rose.

Se sentant aussi léger qu'une volute de fumée dans l'air, Hudson glissa ses mains dans le champ de mèches blondes en fermant les yeux pour savourer ce moment de plénitude et l'imprimer dans son esprit. Il resserra son étreinte autour d'elle et la sentit se remuer légèrement, avant de se lover plus étroitement contre lui, sa main blanche et délicate vagabondant avec nonchalance sur son torse.

Existait-il un autre bonheur pour un homme que de sentir la peau douce de sa bien-aimée contre la sienne et de s'enivrer de son essence ?

Avec délicatesse, Hudson déposa son amante à plat sur le lit, puis l'apaisa d'une caresse au dos quand il la sentit se retourner, un peu brusquée de ne plus sentir contre elle le contact de son amant.

— Hudson ? l'appela-t-elle d'une voix ensommeillée.

— Je vais seulement dans la salle de bains. Je reviens.

Elle ne donna pas suite à cette réponse, soudain replongée dans les profondeurs d'un rêve qu'il ne pouvait deviner. Lors, sans perdre de temps, il se redressa pour rejoindre la salle de bains et commencer sa toilette. Dans quelques heures, il quitterait cette demeure et la femme de sa vie, sans nourrir la certitude de les revoir encore une fois parti.

Sous l'eau tonifiante, il réfléchit encore aux moments qu'ils avaient vécu ensemble. Livia demeurerait la plus merveilleuse des aventures, son plus précieux souvenir. Sur le champ de bataille ou sur son lit de mort, c'est à elle qu'il penserait en dernier. Même une amnésie dévastatrice ne parviendrait pas à ôter Livia de sa mémoire. Il l'avait dans la peau.

Une fois sa toilette finie, Hudson rejoignit la chambre, une serviette nouée autour de la taille, et tout en regardant le corps toujours alangui de son amante sur le lit, se dirigea vers son armoire. Là, il en sortit son uniforme treillis.

— Hudson ? murmura Livia dans son dos.

Il se retourna à demi pour la regarder et la vit légèrement redressée sur les coussins, délicieusement langée dans un amoncellement de draps blancs, qui pouvaient s'assimiler à un nuage flottant sur lequel dormait une messagère angélique, annonciatrice d'un bonheur inouï.

— C'est bientôt l'heure ? demanda-t-elle sans cacher son dépit.

— Oui.

Leurs cœurs se comprimèrent à l'unisson sous le coup de l'émotion. La fin de l'histoire ne pouvait être différente de celle qu'ils vivaient.

— J'aimerais te suivre.

— Dieu merci, c'est interdit, marmonna-t-il en se débarrassant de sa serviette pour enfiler un boxer noir.

— Alors, tu nous voues vraiment à une séparation irrémédiable ?

— La situation est irrémédiable, Livia. J'aurais eu d'autres plans si j'avais su que tu entrerais un jour dans ma vie. Mais c'était imprévisible.

Elle baissa la tête pour dissimuler sa déception, tout en lissant du plat de sa paume la courtepointe qui recouvrait le lit, en silence, plongée dans un questionnement intérieur. Lui la contemplait en enfilant son t-shirt vert kaki, complètement navré.

— Lorsque tu rentreras de mission, appelle-moi seulement pour me dire que tu es vivant. Même si je suis à l'autre bout du monde.

— Liv…

— Au nom de notre am… de notre *amitié*, l'interrompit-elle après avoir hésité sur le terme à employer concernant la nature de leur relation. Tu ne sortiras pas aussi facilement de mon existence. Même absent, tu demeureras dans mes pensées.

Il ne répondit pas, faisant mine d'être concentré sur la façon d'enfiler son pantalon camouflage, alors que c'était ses émotions qu'il tentait de réprimer.

— Si tu me respectes un tant soit peu, tu ne peux pas me refuser un appel. Un simple appel au retour de ta mission, même si c'est pour m'annoncer que tu vas te marier. Au moins, ce sera la preuve que tu es bel et bien vivant.

Soudain, les plans raisonnables qui s'étaient formés dans son esprit en même temps que l'eau apaisait ses muscles furent pulvérisés par un élan passionné. Il mourrait d'envie de lui crier qu'il ne se marierait jamais avec une autre femme qu'elle et qu'il ne serait jamais véritablement « bel et bien vivant » en son absence.

— Tu le feras ?

D'un geste brusque, il saisit sa ceinture marron et la passa dans les sangles autour de sa taille, avant de la boucler fermement. Ses mouvements secs trahissaient sa nervosité.

— Hudson ! s'impatienta-t-elle en se redressant du lit dans un froissement de tissu, ses mains retenant les draps autour de sa taille pour lui dissimuler sa nudité.

D'ordinaire, elle se révélait à lui toute nue, mais dans cette atmosphère tendue, il était de bon ton de faire montre d'un minimum de pudeur.

Hudson ne la quitta pas des yeux quand elle déserta complètement le lit, un drap immaculé et aérien enroulé autour de son corps à la manière d'une toge romaine, totalement improvisée, un peu débraillée, sans toutefois lui ôter cet air altier qui ne la quittait jamais. Une impératrice de Rome aurait pu produire un spectacle similaire en présence de son esclave. Il ne manquait plus qu'une tiare de nacre pour orner sa chevelure d'or et faire d'elle une version humaine d'Aphrodite.

— Je le ferai.

Le visage de la jeune femme, encore tiré par la volupté et la fatigue, se détendit. À pas lents, elle se rapprocha de lui, fragile et indécente face à son amant paré pour la guerre. L'admirer en train de revêtir son uniforme militaire ressuscita dans sa mémoire quelques vers de Homère, tirés de l'*Iliade*, et précisément du chant précédant le duel entre Achille et Hector.

> *Des hommes ; au milieu d'eux Achille mettait ses armes.*
> *Il faisait claquer ses dents ; ses yeux*
> *Brillaient comme la splendeur du feu ; son cœur cachait*
> *Une douleur insupportable. En fureur contre les Troyens,*
> *Il revêtait les cadeaux du dieu, qu'Héphaïstos avait peiné à faire.*
> *Il mit d'abord sur ses jambes les cnémides,*
> *Belles, avec des garde-chevilles en argent ;*
> *En second lieu sur sa poitrine il plaça la cuirasse.*
> *À l'épaule il suspendit l'épée à clous d'argent.*
> *Épée de bronze, puis le grand et fort bouclier.*
> *Il le prit ; une lumière jaillit, comme un clair de lune.*[1]

Hudson ôta du cintre sa veste camouflage, sur laquelle son nom était cousu, puis l'enfila sans jamais la quitter des yeux. Elle restait muette, se contentant seulement de le contempler pour la dernière fois dans un contexte aussi intimiste. Il ne s'en doutait peut-être pas, mais le voir revêtir son uniforme, avec une rectitude de mouvement

---

1. HOMÈRE (trad. de Jean-Louis Backs), « Chant XIX », *Iliade*, Paris, Folio classique, 2013.

et une impassibilité toute martiale, le rendait terriblement séduisant.

— Je vais préparer le petit-déjeuner, dit-il en boutonnant méthodiquement sa veste, mais lorsqu'il arriva à la moitié de la rangée de boutons, elle tendit les bras pour prendre la relève.

Il se laissa faire, fasciné de voir ses doigts minces œuvrer à son habillage, avec une lenteur volontaire.

— Si cela ne tenait qu'à moi, je préférerais les défaire et mettre en désordre ta tenue trop solennelle, mais nous n'avons plus le temps pour ça, murmura-t-elle en laissant deux boutons libres au niveau de son col. Je t'ai rencontré en uniforme et c'est dans la même tenue que tu vas me quitter.

Hudson glissa une main sur la nuque gracile de la jeune femme, l'attira vers lui et la garda longuement pelotonnée contre son torse. Livia ne manifesta aucune protestation, avide de se repaître de sa chaleur. Elle sentait contre sa joue tiède le tambourinement d'un cœur brave et passionné, qui pulsait avec frénésie dans sa cage thoracique et dansait follement sur une mystérieuse composition.

— Tu vas me manquer, princesse, l'entendit-elle dire, d'une voix si profonde qu'elle en fit vibrer son diaphragme.

Elle mima un mouvement pour le regarder, mais Hudson maintint tendrement sa tête plaquée contre son torse, si bien que ses yeux ne purent détailler son expression. Elle sentit toutefois sa cadence cardiaque s'accélérer, jusqu'à devenir frénétique.

Pour avoir appris à le connaître, la jeune femme le savait plutôt pudique lorsqu'il était question de montrer ses sentiments, mais un mot tendre de sa bouche valait autant que toutes les déclarations enflammées des autres hommes.

— Vous aussi, capitaine Rowe.

Chapitre 8

Quand Livia sortit de la salle de bains, les volets étaient clos et la lumière du lampadaire irradiait la pièce en illuminant le lit, changé et fait au carré, à la perfection. Hudson ne plaisantait pas avec la propreté et l'ordonnancement de sa chambre. Après un dernier regard nostalgique pour ce cocon douillet qui avait accueilli leurs ébats, elle récupéra ses effets personnels, rassemblés dans un sac, puis descendit en direction de l'étage inférieur, d'où s'élevaient des éclats de voix masculines, parfois alternées avec celle de Scarlett. La conversation provenait de la cuisine.

— Ton ami Keir est irrécupérable. Il m'a jetée à l'eau alors qu'il avait promis de ne pas le faire !

— Ne te plains pas, on s'est bien amusés tous les deux.

— J'ai failli me noyer !

— Tu as juste bu la tasse. Je te le promets, Rowe, je ne l'ai pas lâchée d'un pouce, alors elle n'avait aucune chance de mourir, clama Keir, comme pour convaincre son ami.

— Maintenant, je sais que je ne sortirai plus jamais seule avec toi !

— Arrête, tu t'es amusée comme une folle.

Livia fit son apparition dans la cuisine à cet instant et découvrit le trio attablé au centre de la pièce. En petite robe verte, installée entre les deux colosses vêtus de treillis, Scarlett semblait minuscule, pareille à un petit écureuil qui picorait des céréales dans son bol, avec à ses côtés un lion et un ours à l'appétit gargantuesque.

Le tableau qu'ils offraient avait un côté humoristique, digne d'un dessin animé.

— Ah, voilà la plus belle qui nous vient du Mont Olympe, s'exclama gaiement Keir, avant de croquer dans une tartine beurrée, pendant que Scarlett levait les yeux au ciel, des céréales en bouche. Tu nous accompagnes également à Parris Island pour les ultimes adieux ?

— Les ultimes adieux ? C'est plutôt brutal.

Hudson administra un petit coup de coude dans les côtes de son compère, comme pour l'avertir de la sensibilité encore aiguë de son amante. Alors, en croyant se rattraper, Keir étudia d'un œil lumineux la robe violette et glamour de Livia, puis ajouta :

— Tu vas ameuter tous les types du régiment et leur donner le moral dans cette tenue. Même les hommes mariés ne seront pas insensibles à ton *sex-appeal*.

Cette fois-ci, ce ne fut pas un coup de coude que Keir reçut, mais une gifle sonore derrière la nuque, qui lui fit lâcher sa tartine sur les genoux, maculant ainsi son uniforme de beurre.

— Putain, Rowe, j'ai l'air de quoi avec ces traces maintenant !

— D'un marine maladroit, nota Scarlett en le regardant se lever pour rejoindre le lavabo et effacer les dégâts.

— Il ne faisait que me complimenter, le défendit Livia, un sourire dans la voix.

Hudson haussa les épaules et fit glisser la chaise qui se trouvait à sa gauche comme une invite à s'asseoir.

— Que veux-tu manger ?

— Je me contenterai d'un verre de jus d'orange, s'il te plaît. Comment vas-tu, Scarlett ? J'ai cru comprendre que vous étiez partis vous baigner hier soir, Keir et toi.

— Une baignade forcée.

— On a fait un pari sur un couple qui se disputait. J'étais persuadé que la fille allait courir auprès de son petit-ami pour se faire pardonner, alors que Scarlett misait sur son amour-propre et pensait qu'elle rentrerait toute seule. Elle a perdu et je l'ai défié de sauter dans l'eau, ajouta Keir en revenant s'installer autour de la table, sans plus aucune tâche sur son pantalon. Elle n'a pas osé, alors je l'ai aidée. C'est comme ça qu'on procède avec les nouvelles recrues.

— Je ne suis pas l'une de tes recrues, Dalglish, marmonna Scarlett après avoir produit un bruit de craquètement sonore avec ses céréales.

— Avoue que ce petit bain de minuit t'a fait du bien.

— Mmm… je m'en serais bien passé, grogna-t-elle en reposant son bol sur la table.

Hudson tendit le jus d'orange à Livia, qui le gratifia d'un petit baiser sur la joue en réponse. Elle sentit une fois de plus son parfum d'after-shave mentholé et le huma délicatement pour s'en souvenir jusqu'à la fin de ses jours. Cette odeur d'homme et de fraîcheur lui manquerait atrocement. Elle en était si accro qu'elle n'aurait aucun scrupule à s'acheter une bombe pour la sentir au quotidien et se donner l'impression que Hudson reviendrait la retrouver très vite. Mais sans l'essence de sa peau, l'effet serait moindre et décevant.

— On part avec Blue Coco ou ta Jeep, Hudson ? demanda Scarlett, désignée pour être la chauffeuse du retour.

— Il est hors de question que je débarque à la base dans ta Coccinelle, objecta Keir, scandalisé à cette éventualité. Je n'aurais plus de crédibilité auprès de mes hommes !

— Blue Coco est trop bien pour toi.

— Écoute, chérie, ta voiture est ravissante, mais je suis du même avis que Dalglish. J'aurais vraiment l'air d'un con avec les autres si on arrivait en Coccinelle, renchérit Hudson en attisant l'amusement de Livia.

— Vous avez vraiment des idées arrêtées, les gars. Ma voiture est une star.

— Appropriée pour les gonzesses.

— Macho, décocha Scarlett à l'adresse de Keir.

— Non, réaliste. En plus, ta bagnole tomberait en panne au bout d'un kilomètre avec deux poids lourds comme nous. N'oublie pas qu'à nous deux, on pèse bien cent quatre-vingt-dix kilos, sans compter nos paquetages de vingt kilos chacun. La Jeep est plus adéquate.

— Si vous le dites.

— En plus, ce sera plus facile si vous avez envie de faire une petite excursion, à Myrtle Beach par exemple, enchaîna Hudson.

— Pourquoi pas, si Livia est partante.

La concernée savait bien que ce n'était qu'une manière de l'encourager à reprendre le cours de sa vie, naturellement, sans choc. Mais c'était sous-estimer les sentiments qu'elle éprouvait à son égard et le vide infernal qu'il laisserait à sa suite.

Ils n'auraient jamais dû se rencontrer, au moins cela aurait facilité les choses.

Il s'écoula encore trois heures quand le quatuor se décida enfin à quitter la maison, laissée comme neuve après un dernier coup de ménage. Brünhild tendrement lovée contre elle, Livia passa le perron avec un soupir imbibé de tristesse. Pour tout le temps qu'il lui restait en Caroline du Sud, elle n'allait plus revoir Hudson sous ce porche romantique et familier, à l'attendre avec un sourire coquin ou un café dans la main lorsqu'elle faisait des allers-retours entre leurs deux demeures.

Ce temps était désormais révolu.

Un mois de bonheur sincère et intense pour une vie à attendre elle ne savait plus quoi.

— Tout le monde est prêt ? lança Keir.

Oui, tout le monde était prêt. Il n'y avait pas le choix.

Une fois que les deux marines chargèrent la voiture, Hudson invita son frère d'armes à s'installer au volant, Scarlett sur le siège passager, tandis qu'il prenait lui-même place sur la banquette arrière, aux côtés de Livia. Le soleil était à son zénith et il y avait environ vingt minutes de route jusqu'à Parris Island. Encore une petite demi-heure d'insouciance pour les deux amants.

Keir démarra la voiture, ravi de pouvoir conduire ce jouet puissant et magnifique, qui présageait les longues traversées en tank dans le désert. Graduellement, une mélodie s'imposa dans l'habitacle en donnant le ton à cette heure dramatique. Simple destin ou pure ironie, la voix de Ben. E. King retentit dans la voiture en chantant les paroles de *Stand by me.*

On ne pouvait trouver mieux comme chanson.

Livia eut un petit sourire désabusé, mais n'en montra rien et se contenta seulement de poser sa tête sur l'épaule de Hudson en capturant l'une de ses grandes mains pour y tracer, du bout de ses ongles, des formes concentriques. Ou plutôt, des chiffres et des lettres.

— Qu'est-ce que tu essaies de me dire, Livia ?

— Rien… dis-moi, est-ce que tu connais le Carré de Polybe ?

— Non, mais ça m'a l'air obscur.

— Polybe était un historien et un hipparque grec, un général qui commandait une unité de cavalerie dans la Grèce et la Macédoine antiques. Peut-être aurait-il une fonction similaire à la tienne de nos jours… quoi qu'il en soit, c'était un homme très rusé et respecté en son temps. Il est à l'origine d'un système codé, destiné à filtrer des messages indécodables. On appelle cela le Carré de Polybe.

— Comment ça fonctionne ?

Elle déposa avec douceur Brünhild sur les genoux de Hudson, se pencha pour récupérer son sac à main et en extraire un calepin et un stylo à bille. Là, elle ébaucha un carré strié de cases, dans lesquelles elle griffonna des chiffres et toutes les lettres de l'alphabet. Bien vite, Hudson découvrit ce schéma, qu'il observa avec intérêt :

— Le concept est plutôt simple lorsqu'on connaît la règle. Pour pouvoir chiffrer un message selon cette méthode, les lettres doivent être converties en leurs coordonnées numériques. Par exemple, ton prénom équivaudrait à 234514433433. H = 23 ; U = 45 ; D = 14 ; S = 43 ; O = 34 ; N = 33.

— C'est ingénieux.

— C'est toujours pratique quand on veut s'échanger des mots d'amour sans se faire attraper, s'amusa-t-elle au moment où il lui ôta le stylo et le calepin des mains pour y noircir des chiffres.

— John est un spécialiste de la cryptographie. Il connaît des techniques que mon imagination serait incapable de concevoir. Tiens, essaie de déchiffrer ça, continua-t-il en lui rendant le bloc-notes.

Avec une attention particulière, l'Anglaise décrypta la longue ligne numérique, puis à mesure que le message se faisait clair dans son esprit, un sourire espiègle fleurissait sur ses lèvres.

— Embrasse-moi, traduisit-elle dans un souffle.

Elle releva le visage dans sa direction, captura ses yeux à la faveur des siens, puis se redressa un peu de son siège en lui offrant la saveur de sa bouche. Il vint à sa rencontre et s'empara de ses lèvres à la manière d'un pauvre hère qui redécouvre le goût simple, mais délicieux d'une pomme. C'était l'un des derniers baisers qu'ils s'échangeaient et comme ce plaisir allait toucher à sa fin, il était primordial de s'en délecter lentement, précieusement, avec reconnaissance et fougue. Avec un ultime sursaut d'énergie et de tendresse.

Ce baiser d'adieu était digne de figurer parmi ceux du film *Cinema Paradiso*, intense, émotionnel et cinématographique.

C'était le baiser qu'un spectateur attendait avec impatience à la fin d'un drame romantique ou d'un opéra grandiose et tragique, passionné et ornementé de *lamento* à l'italienne.

C'était le baiser dont rêvait un jour Scarlett, sagement assise devant eux, qui, de son œil discret, les contemplait avec l'admiration qu'elle vouait aux couples de vedettes vintages.

Keir, dont la capacité d'attention surpassait la moyenne, se concentrait aussi bien sur la route que sur le couple à l'arrière. Par le biais du rétroviseur, la passion qu'ils se vouaient l'un à l'autre semblait exploser dans le miroir. Aussi, afin d'accentuer ce dernier instant romantique, il augmenta le son de la radio et bientôt, la voix chaude d'Etta James succéda aux autres chanteurs de jazz en interprétant les paroles de la chanson *At Last*.

At Last.

Enfin… enfin Hudson avait trouvé une femme à sa mesure, même s'il était sommé de la quitter.

Chapitre 9

Marine Corps Recruit Depot, Parris Island

Livia n'avait encore jamais vu une aussi forte concentration de marines autour d'elle. L'uniforme treillis se multipliait trois à quatre cents fois dans le camp militaire, mêlé aux tenues civiles des familles venues accompagner leurs soldats jusqu'au moment du déploiement.

Éduquée dans une famille très peu militarisée, qui semblait n'apprécier que les hommes en cols blancs et cravate-veston, Livia n'avait jamais pensé se retrouver dans ce contexte, aux États-Unis qui plus est. Un sentiment exacerbé de patriotisme américain planait dans l'atmosphère, claquait en symbiose avec les drapeaux que tenaient des femmes, des personnes âgées et des enfants. L'ambiance était également chargée d'émotions et ce poids sentimental ne faisait que chatouiller ce qu'elle gardait au plus profond de son être. Elle avait un fantasme fou : hurler devant cette foule son amour pour Hudson et s'accrocher à ses jambes à la façon dont les bambins agrippaient leurs pères.

Carrée sur un siège métallique dans le hall du bâtiment central du camp, Hudson à ses côtés, Livia se faisait progressivement à l'idée qu'elle ne le reverrait peut-être plus jamais. Cette prise de conscience fut réelle et la bouleversa si bien qu'un sanglot faillit franchir la lisière de ses lèvres, mais elle sut l'endiguer.

Hudson n'avait pas accepté sa présence pour qu'elle abreuve de ses pleurs les réservoirs d'eau. Les larmes étaient de l'ordre du privé, alors qu'en société, il lui fallait être enjouée, mesurée, sobre et digne. Oui, digne de Hudson. Ce dernier semblait faire abstraction des rumeurs environnantes et faisait preuve d'une sérénité de bonze, comme s'il méditait au sommet de l'Himalaya.

Du coin de l'œil, elle le vit sortir une enveloppe en papier kraft de la poche de son pantalon.

— Livia, j'aimerais que tu prennes ceci.

La jeune femme se tourna totalement vers son amant, un sourcil interrogateur dessiné sur son visage alors qu'elle acceptait son enveloppe. En la prenant, sa main la soupesa et la chose qu'elle contenait glissa à l'intérieur.

— Qu'est-ce que c'est, Hudson ?

— Ouvre l'enveloppe une fois que je serai parti.

Ses doigts brûlaient de la décacheter sur-le-champ, mais elle respecta son ordre et la rangea précieusement dans son sac à main. Enfin, elle reposa ses yeux myosotis sur lui et demanda avec un calme feint :

— Tu es impatient de partir ?

— Absolument pas. Mais ne le dis pas à mes supérieurs.

— Je ne sais même pas où ils sont.

— Généralement, ce sont les grisonnants, mais c'est plus facile de les identifier à leurs insignes. Ceux qui arborent des feuilles d'érable, des aigles et des étoiles sont hiérarchiquement mes supérieurs.

Le regard de Livia vint étudier les deux barres en argent qui pavoisaient le col de son uniforme.

— Un jour, tu atteindras les étoiles.

— Je l'espère.

— Tu seras le général Rowe à ce moment-là.

— Si j'arrive jusque-là. J'ai encore du chemin à faire.

— Je suis certaine que tu y arriveras.

Sa grande main quitta l'accoudoir de son siège pour venir se poser sur l'une de ses cuisses, dans un geste si possessif qu'il rappela à l'Anglaise combien elle voulait lui appartenir, pour aujourd'hui, demain, l'année prochaine et jusqu'à la fin de sa vie. Cette évidence lui fit prendre conscience qu'à l'époque de sa relation avec Miles, ce besoin d'appartenance ne l'avait jamais sillonnée avait autant de puissance. Et les esprits les plus sceptiques la considéreraient comme une folle s'ils découvraient la force de ses sentiments pour un homme qu'elle connaissait depuis un mois seulement.

— Tu es encore plus belle quand tu réfléchis à des choses que je ne parviens pas à sonder, la complimenta-t-il en remontant cette fois-ci sa main sur sa nuque pour rapprocher leurs deux têtes et égarer ses lèvres sur sa tempe.

Livia n'était pas simplement belle. Elle éclipsait toutes les femmes environnantes par sa prestance et son élégance, incarnée dans cette petite robe d'été lavande qui hanterait désormais ses nuits.

Livia posa à son tour une main sur le genou de son amant, avec une douceur qui ne manquait pas de fermeté et d'une revendication possessive. Si elle pensait lui appartenir, elle en demandait autant de sa part, même si cela n'était qu'un rêve irréalisable.

— Salut, Rowe. Ça va ? s'immisça brusquement la voix de Lex, un peu éraillée à force de vociférer des ordres.

Livia et Hudson le virent s'établir devant eux, très fringant et imposant dans son uniforme de sergent-chef, souligné par l'emblématique chapeau en feutre kaki des instructeurs militaires. Il inspirait le respect et la crainte, avec tant d'efficacité que la jeune femme l'aurait évité si elle ne le connaissait pas.

— Hé, frérot, tu es venu.

— Je m'arrange pour ne jamais manquer vos départs. Je viens de voir Dalglish. Bonjour, Livia. Ravissante ta robe, dit-il cliniquement en la scannant de pied en cap, sans lueur prédatrice dans les yeux, seulement avec objectivité.

— Merci beaucoup, Lex.

— Prêt à partir, Rowe ?

— Ouais.

— Je tenais à te donner un truc avant ton départ pour te rappeler certaines valeurs de la vie, annonça-t-il en parvenant à intriguer ses deux interlocuteurs.

Face au regard circonspect de son ami, Lex sortit un objet de la poche de son uniforme et le lui tendit, l'expression la plus sérieuse peinte sur le visage.

Hudson pâlit en découvrant la carte de tarot représentant l'Impératrice aux cheveux blonds. Puis, poussé par son instinct, il se mit à considérer Livia. Cette dernière semblait surprise par le cadeau de Lex, mais ne pipa mot.

— Rappelle-toi ce que je t'ai dit, Rowe, et assure-toi de revenir vivant. Tu me dois un combat de boxe.

Hudson s'empara de la carte en hochant la tête.

— *Semper Fi*, mon frère. On se reverra bientôt.

— Ouais et je viendrai te botter le derrière. Sois-en certain.

L'instant d'après, Lex asticota le crâne de Hudson d'un poing affectueux, puis s'éloigna en direction d'autres militaires.

— Que représente cette carte ? l'interrogea Livia une fois Lex disparu.

— Une partie de mon destin selon lui.

Seulement, Hudson ne savait plus où il en était avec sa destinée.

Un peu plus loin, situés à proximité d'une machine à café, Keir et Scarlett partageaient un sachet de Haribo Gold-Bears en spéculant sur l'issue de la liaison qu'entretenaient les deux amants.

— Ils vont se marier, décréta Scarlett sur un ton prophétique.

— Hudson n'est pas homme à prendre épouse.

— Si tu penses que l'épisode de sa mère continue à le réfréner pour le mariage, tu te mets le doigt dans l'œil. Ces deux-là ont vécu comme un couple marié ces trois dernières semaines et, crois-le ou non, cette vie-là leur a plu.

— Hudson a justement aimé ça parce que ça ne devait durer que trois semaines, souligna Keir avant d'engloutir plusieurs petits ours en gélatine. Quant à Livia, cette aventure a été enthousiasmante parce qu'elle lui a apporté une expérience unique. Ce n'est certainement pas dans son entourage de petits gominés anglais qu'elle aurait pu rencontrer un type comme Hudson.

— Ne sois pas aussi cynique.

— Je ne suis pas cynique, juste réaliste. Dans moins de deux mois, Livia l'oubliera et lui reprendra son train de vie monacale en mission. De toute façon, on n'aura pas vraiment le choix.

— J'accorde bien plus de foi à leur histoire que toi. Je suis certaine qu'elle n'est pas terminée et qu'ils vont finir par se retrouver et se marier.

— Petite renarde naïve, on n'est pas dans *La Fontaine des amours*.

— Hudson reviendra vivant de cette satanée mission et ira chercher Livia. Je le pressens.

— C'est ton sixième sens qui te le dit, peut-être ?

— C'est exactement ça.

— Je ne m'y fie pas.

— Tu veux parier ?

— On ne parie pas avec un homme qui ne peut pas garantir son retour.

Scarlett soupira en piochant quelques bonbons dans le sachet lorsque tout à coup, identique à un signal radar, une voix féminine retentit dans le vestibule en hélant le prénom du capitaine Dalglish.

— Keir !

L'interpellé sembla brusquement sur le qui-vive.

Il reconnaissait cette voix de femme, puisqu'elle appartenait à Kitty, l'Amazone de la bande, sa plus coriace prétendante. Selon la provenance et la portée de la voix, Kitty se trouvait à quelques mètres de distance derrière lui. Il devait faire comme s'il ne l'avait pas entendue.

— Merde ! jura-t-il en froissant le sachet de bonbons dans sa paume, qu'il enfouit dans sa poche le temps de trouver une échappatoire.

Face à lui, Scarlett s'était légèrement décalée sur le côté afin d'apercevoir le visage de cette voix et découvrit une très jolie femme en uniforme camouflage, qui s'acheminait dans leur direction.

— Une femme se rapproche de nous, l'avertit-elle comme il demeurait figé.

L'embarras du marine tenait de l'inédit. Scarlett ne l'avait encore jamais vu aussi gêné, si ce n'était *coincé*. Cette attitude alluma en elle son détecteur de curiosité.

— Qui est-ce ?

— Il faut que je me cache, murmura-t-il.

— Trop tard. Elle s'empresse de nous rejoindre.

Keir était piégé. Aucune issue ne se présentait à lui. Il n'y avait pas de toilettes dans le secteur, Hudson était trop accaparé à jouer les Roméo pour simuler une urgence et Scarlett n'allait certainement pas… Scarlett ! C'était elle sa bouée de sauvetage, son prétexte infaillible.

Tout en cessant de réfléchir à la vitesse d'une locomotive électrique, il se rapprocha davantage de la rouquine et épingla son regard au sien, les traits surplombés par une gravité qui l'impressionna au premier abord :

— Embrasse-moi.

— Je te demande pardon ? haleta-t-elle, secouée par cet ordre saugrenu.

— Embrasse-moi, répéta-t-il sans ciller.

— Tu es fou ?

— Keir ! entendit-il une fois de plus, la voix de Kitty se faisant plus proche.

L'interpellé ne trouva pas d'autres solutions que d'attraper Scarlett aux épaules pour l'attirer de force contre lui, la bloquer dans ses bras vigoureux et la faire ployer sous un baiser qu'elle n'aurait jamais anticipé, même pas en rêve. Abasourdie, elle se raidit et laissa échapper un gémissement de protestation, qui s'égara entre leurs lèvres jointes. Le premier contact de cette étreinte les laissa tétanisés. Même le capitaine effronté avait perdu ses repères, cependant, plutôt que de libérer ce petit corps charnu et tiède, il prit le risque de se faire incendier en public en resserrant son étreinte autour d'elle, ses mains descendant jusqu'à sa chute de reins à mesure que sa bouche s'assouplissait sur la sienne.

Toujours aussi immobile qu'une statue de sel, Scarlett s'aperçut, à sa plus grande stupéfaction, que la caresse des lèvres masculines la détendait petit à petit, jusqu'à la rendre complètement réceptive. Bientôt, ses paupières se fermèrent de délice et un soupir d'aise jaillit dans son gosier quand il taquina ses lèvres du bout de ses dents pour goûter à la saveur de sa bouche avec sa langue. Elle ne fut pas hostile à une telle initiative et lui réserva un accueil enthousiaste, dont elle fut la première étonnée. Un frisson la transperça jusqu'à la racine des cheveux dès que leurs langues s'enroulèrent l'une autour de l'autre, pareilles à deux danseurs enlacés pour une salsa lascive.

Keir ferma les yeux à son tour, entièrement accaparé par ce duel d'un autre genre, exquis, frais et d'une délicatesse à lui tirer des larmes de félicité. Il savait qu'elle n'avait pas beaucoup d'expérience en la matière, mais au-delà de cela, le baiser qu'elle lui rendait allègrement était délicieux et généreux, si agréable qu'un homme fou ou sensé ne pouvait qu'en réclamer davantage. La bouche de Scarlett lui offrait à la fois le goût de la pêche et des friandises, la texture du velours et la promesse d'une sensualité innée.

Mon Dieu, que c'était bon...

Piégé par son propre subterfuge, il se révéla incapable de la lâcher, se plaqua un peu plus contre son corps et remonta ses mains le long de sa colonne vertébrale pour les perdre dans l'épaisseur de ses boucles rousses. Leurs lèvres semblaient cimentées et aucun des deux n'était traversé par l'idée de se séparer. Scarlett osa même placer ses mains sur ses larges épaules pour mieux l'embrasser, laissant son sens du romantisme s'exprimer.

— Keir ?

La voix féminine prit des inflexions aiguës.

Le concerné se décida enfin à libérer Scarlett, le souffle un peu écourté et les yeux coruscants. Il ne lâcha pas tout de suite la rouquine quand il tourna le visage en direction de sa nouvelle interlocutrice, totalement estomaquée de voir son frère d'armes en compagnie d'une femme.

Keir mima un petit sourire de circonstance.

— Hello, Kitty, comment ça va ?

Le regard noisette de l'infirmière militaire reluisit de déception et Scarlett en fut intriguée. Elle prit également conscience d'être encore entre les bras de Keir et s'empressa de se dégager pour réinstaurer une distance entre eux. Ce baiser n'aurait jamais dû exister.

— Ça va. Je vois qu'il s'est passé beaucoup de choses en un mois, nota Kitty, sans agressivité, mais avec une petite aigreur qui fit frémir la rouquine.

Il ne s'était rien passé du tout. Voilà ce que voulut dédire Scarlett, toutefois, Keir la devança en la rattrapant par la taille, comme pour la désigner à sa collègue, puis répondit avec une gaieté parfaitement simulée :

— En effet. Kitty, j'ai le plaisir de te présenter Scarlett, ma petite amie.

Scarlett crut qu'une avalanche venait de s'abattre sur elle tant le mensonge la glaçait d'ébahissement. En règle générale, elle aurait réfuté séance tenante, mais le souvenir lénifiant de leur baiser et la situation surprenante la laissèrent muette.

Le poids du regard noisette sur elle ne fit qu'accentuer sa confusion.

— Oh, ta petite amie ? répéta Kitty en se façonnant un sourire poli. Enchantée, Scarlett. Je suis vraiment contente pour vous deux.

Scarlett ébaucha un sourire forcé.

— On se retrouve plus tard, Keir ? Je vais rejoindre les autres.

— Oui.

En guise de salutations, elle adressa un autre sourire au faux couple avant de disparaître comme elle était arrivée, laissant dans son sillage un parfum d'amertume. Quand Kitty fut assez loin, Scarlett repoussa Keir pour reprendre ses esprits et lui demander des explications.

— Qu'est-ce qui t'a pris, Dalglish ?

— C'était nécessaire. En me croyant casé, elle cessera de me courir après.

— Et tu n'as rien trouvé de mieux que de te servir de moi pour tes mensonges à deux sous ? Il faudrait être fou pour croire que nous sommes ensemble, toi et moi, lâcha-t-elle sèchement.

— Notre baiser était plutôt convaincant.

— Je te prierai de ne plus recommencer, car je ne me laisserai plus jamais utiliser de cette manière. La prochaine fois, prends ton courage à deux mains et dis-le directement lorsqu'une femme ne t'intéresse pas !

Keir la considéra de ses yeux perçants, un insupportable petit sourire supérieur planté à la jonction de ses lèvres.

— Tu ne semblais pas mécontente de jouer la comédie.

— J'ai été contrainte !

— Tu es toujours aussi enthousiaste lorsqu'on te force à faire quelque chose ?

Scarlett était à un cheveu de le gifler. Par chance, Hudson et Livia choisirent ce moment pour les rejoindre et annoncer l'heure du départ.

— Il est temps de larguer les amarres, Dalglish, intervint Hudson, son sac solidement attaché au dos et sa casquette treillis fixée sur le crâne.

Ni lui ni Livia ne paraissaient avoir remarqué la petite saynète qui venait de se jouer entre Keir et Scarlett. Emplie de tristesse, cette dernière alla se blottir contre celui qu'elle considérait comme son grand frère.

— Prends soin de toi, petite chipie, lui murmura Hudson avant de déposer un baiser sur le sommet de sa tête.

— Et toi, ne joue pas aux héros inconscients. N'oublie pas que des gens espèrent ton retour.

Les « gens » étaient une généralité pour se désigner elle-même et Livia.

Hudson lui cajola la joue en guise d'assentiment, puis se tourna une dernière fois vers Livia. Ils avaient passé leur soirée de la veille et leur matinée à se dire adieu, de différentes manières, et malgré cela, ils avaient encore du mal à réaliser que le moment était vraiment venu.

Après les épanchements, l'heure était à la sobriété.

Solennels, ils se rapprochèrent l'un de l'autre et s'enlacèrent une ultime fois. Leurs cœurs dansèrent en synchronisation et saignèrent peut-être avec la même abondance.

C'était définitif, Hudson abhorrait les adieux. Il avait été idiot d'accepter sa requête et de lui permettre de l'accompagner jusqu'ici.

— N'oublie pas de réaliser tous tes rêves et de rester comme tu es, Livia.

Il ponctua sa phrase d'un baiser brûlant sur son front, si intense qu'elle s'attendait à découvrir la marque de ses lèvres sur sa peau. La seconde suivante, il la relâchait doucement et faisait quelques pas en arrière, sans attendre un geste ou un mot pour le retenir.

Plus vite il partirait, mieux il maîtriserait la houle de sentiments contrastés qui semait le désordre dans son estomac.

— Adieu, lâcha-t-il enfin avec un mouvement de tête élégant.

Livia le vit ensuite tourner les talons et s'éloigner à grands pas vers le rassemblement de militaires. Keir s'empressa de le suivre, mais avant cela, il adressa aux deux jeunes femmes un salut militaire, qu'il ponctua d'un clin d'œil et de cette boutade :

— Offrez-moi un sourire pour adoucir mes nuits, mesdemoiselles !

Et elles de s'exécuter spontanément.

La minute suivante, les marines disparaissaient dans une autre aile de la base en laissant à leur suite une troupe de proches éplorés.

Sans attendre, Livia s'empara de l'enveloppe remise par Hudson, la décacheta et découvrit un objet qui manqua de pulvériser son cœur de joie et d'abattement fusionnés.

C'était le sesterce de Vespasien, pendu à une chaînette en or. Un petit mot accompagnait ce don inestimable.

Si je ne peux t'offrir un empire, au moins puis-je te remettre cette pièce impériale. Tu ne quitteras plus jamais mon esprit et j'espère que ce porte-bonheur ravivera nos beaux souvenirs ensemble lorsque tu le regarderas.

Ne change jamais, princesse.
H.

Chapitre 10

District de Delaram, Afghanistan
Dix jours plus tard

L'apparition de Livia n'avait jamais fait partie du plan. Elle était entrée dans sa vie en un coup de baguette magique, subitement, sans prévenir. Par le passé, il n'avait reçu ni formation ni instruction pour se préparer à rencontrer une adversaire aussi redoutable. Il avait dû lui faire face avec ses propres moyens, mais alors qu'il pensait gagner au tout début du combat, la conclusion s'était révélée brutale. Finalement, Livia avait réussi à imposer son pouvoir féminin en le rendant complètement fou d'elle, jusqu'à lui donner le contrôle exclusif de ses pensées.

Bordel de merde, les cartes de Lex n'avaient pas menti !

Baigné de sueur dans son uniforme et chargé de toute l'artillerie d'un militaire, Hudson sillonnait les longs parcours dessinés au sein de la base des U.S marines. Il devait affûter ses capacités à courir sous le soleil afghan, prisonnier d'un matos qui devait peser la moitié de son poids. Il devait surtout exsuder toute la tension que répandait l'absence de Livia dans son corps.

Tu l'as cherché, mec.

Il se répétait cette phrase en boucle à mesure que sa vitesse augmentait.

Courir. Vite. L'esprit vide, seulement gorgé par l'envie de se surpasser. De se sevrer de l'image de Livia. Voilà l'objectif de la matinée, et par extension, de toutes les matinées à venir jusqu'à ce qu'elle sorte définitivement de sa tête.

Tu n'es qu'un con, Rowe.

L'arroseur arrosé. Une image bien cinglante pour décrire sa situation d'amant malheureux, qui pensait s'amuser avec légèreté avant d'être écrasé par la supériorité de l'amour. Ça ne se contrôlait pas et ça faisait mal.

Son nom, hurlé à la faveur d'un haut-parleur, retentit soudain dans le désert et l'alerta sans parvenir à le réfréner. Tous ses muscles bandés, trempés dans l'action, ne parvenaient pas à ralentir la cadence. Il était comme un train déraillé qui ne s'arrêterait qu'à l'impact d'un obstacle. En attendant, son corps avait besoin d'évacuer.

Une seconde apostrophe le poursuivit de loin, mais il s'en moquait. Il n'avait pas envie de s'immobiliser.

La troisième fois, il daigna jeter un coup d'œil par-dessus son épaule. Là, il vit une Jeep s'engager dans sa direction, dans laquelle Keir se tenait debout en vociférant son nom sur toute la courte traversée. Le véhicule se retrouva rapidement à ses côtés et roula en fonction de sa course, sans jamais le frôler.

— Rowe ! Je t'appelle depuis tout à l'heure, t'es sourd ou quoi ? continua Keir à travers le haut-parleur, manquant ainsi de percer les tympans de son ami.

— Non ! hurla ce dernier en retour.

— Pourquoi tu cours comme ça ? En tenue d'assaut ?!

— Entraînement !

— Tu vas finir par avoir une crise cardiaque sous cette chaleur ! Tu cours depuis deux heures, espèce de malade ! Blythe, coince-le par devant, ordonna ensuite Keir à l'adresse du conducteur, Jamie Blythe, le jeune sergent qu'il avait pris sous son égide.

Ce dernier comprit aussitôt l'injonction, accéléra et fit tourner la Jeep pour l'ériger tel un rempart sur le chemin de Hudson. Celui-ci n'eut pas le temps de contourner l'imposante automobile et s'arrêta net, si brusquement que le poids de son matériel faillit l'entraîner au sol s'il n'avait pas eu le réflexe de se retenir à l'une des portières.

— T'es cinglé ! hurla-t-il, bougon.

— C'est toi le cinglé, Rowe.

Soudain accablé par le poids de son sac à dos, Hudson se déchargea de cette lourdeur et laissa son matériel choir à ses pieds.

— Qu'est-ce que c'est comme crise, encore ?

— Il n'y a pas de crise.

— Monte dans cette bagnole, le major Reeves nous a appelés pour nous renseigner sur une mission urgente.

Sans résistance, Hudson récupéra son sac à dos, le balança à l'intérieur de la Jeep et accepta la main que lui présentait Keir pour grimper dans le véhicule. Une fois dedans, son ami lui tendit une bouteille d'eau, qu'il s'empressa de vider d'un trait.

— Si tu crois que courir aide à oublier, tu peux aller te recoucher. Je crois que t'es vraiment dingue d'elle, observa Keir au moment où la Jeep redémarrait en faisant demi-tour.

Hudson lui décocha un regard sombre en même temps qu'il écrabouillait la bouteille en plastique dans le creux de ses poings.

— C'est si terrible que ça ? demanda le balafré en grimaçant.

— Tu n'as pas idée. Je préférerais me prendre une balle dans le pied plutôt que de l'oublier. Pourtant, c'est essentiel si je veux continuer à avancer.

— C'est pour ça que tu cours comme un damné vers je ne sais où ? Hé, Blythe, continua Keir en tapotant l'épaule de leur subalterne au volant. Si tu veux un conseil, ne tombe jamais amoureux, ça t'évitera des problèmes.

— Trop tard, chef, répondit l'autre, le plus sérieusement du monde.

— Quoi ? T'es amoureux toi aussi ?

— Oui, mon capitaine.

— Une nana que t'as laissée chez toi, je parie. Attends, tu viens d'où déjà ? D'Alabama ?

— De Géorgie, plus précisément de la ville de Savannah. Et non, je n'ai pas laissé de nana chez moi. À vrai dire, elle est ici.

— *Quoi ?* On t'a pas appris qu'il ne fallait pas fricoter avec les femmes de ton régiment ?

— C'est différent, chef. Elle est infirmière et s'appelle Kitty. Tout le monde est amoureux d'elle.

Keir agrandit ses yeux en dévisageant le sergent, qui paraissait aussi innocent qu'un nouveau-né. Il était très mignon avec ses cheveux châtains, son regard sincère et sa paire de lunettes. Le genre intellectuel, qui s'était engagé dans l'armée pour financer ses études en premier lieu. Une sorte de petit scientifique en devenir.

— Fais gaffe, Blythe, cette Kitty est une tigresse. Elle te mangerait tout cru si elle le voulait.

— Je ne serais pas contre, chef.

— Petit couillon, maugréa-t-il, avec plus d'affection qu'il ne l'aurait pensé.

Hudson saisit un morceau de tissu dans la poche de son gilet de combat et s'épongea le cou et le visage, en même temps que Keir lui fournissait des informations quant à la réunion avec le major Reeves.

— Il y a eu une prise d'otage à Kaboul. Un homme politique qui a des affinités avec nous, des employés et des touristes. D'après les infos, ce ne sont pas les talibans qui l'auraient kidnappé, mais une autre bande de marginaux qui réclame une rançon. Ces types ont menacé d'abattre tous les otages si on ne leur donnait pas l'équivalent de 350 000 $ dans les vingt-quatre heures. Ils ont déjà tué un homme pour donner l'exemple.

— Où est-ce qu'ils sont retenus ?

— Au musée national afghan de Kaboul. Il paraît qu'ils ont placé des explosifs dans les lieux pour faire encore plus pression sur le gouvernement. Ce serait bête de voir en plus disparaître un patrimoine historique.

— Ce ne serait pas la première fois. Le musée a été généreusement saccagé pendant la guerre civile afghane, l'informa Hudson, devenu grave à l'annonce de cette mauvaise nouvelle. Reeves veut nous y envoyer tous les deux ?

— Non, seulement toi pour capitaine, avec dix autres FORECON pour pénétrer dans les lieux. Moi, je te superviserai depuis la base. Apparemment, c'est du lourd. Les types sont une trentaine et bien équipés.

— Ça tombe bien, j'ai besoin d'une poussée d'adrénaline, ironisa Hudson.

— Je sens que tu vas être servi, mec.

Chapitre 11

Beaufort, Caroline du Sud
11 novembre 2007

Une fanfare de marines déambula dans les rues de la ville en jouant des airs propres à leur institution, célébrant ainsi le *Veteran's Day*, un jour dédié à la cérémonie des anciens combattants. Installée sous le perron de sa demeure, sur un rocking-chair, un livre à la main, Livia fut prise de court par cette procession festive et commémorative, qui lui rappela violemment le souvenir de son ex-amant. Tous ces magnifiques uniformes de parade lui serrèrent le cœur.

Aussitôt, elle décocha un coup d'œil à la maison de Hudson, parfaitement scellée, et se força à ne pas pleurer. Cela faisait près de deux mois qu'elle ne l'avait pas revu et qu'aucune nouvelle ne lui était parvenue. Elle s'était attendue à ce qu'il change d'avis et lui écrive, mais en homme de parole, il s'en était tenu à ses engagements.

Maudits engagements !

Livia le haïssait pour le silence forcé qu'il lui imposait. Pour le peu de valeur qu'il donnait à leur histoire. Ce n'était pas à cause de leurs projets dissemblables qu'il avait tiré un trait sur eux, mais uniquement parce qu'il était lâche. Un vrai couard, comme tous les héros épiques de la mythologie gréco-romaine si l'on regardait bien. À l'instar d'un Énée ou d'un Ulysse, il s'était enfui vers d'autres horizons en reprenant son épopée, après avoir joui de moments délectables dans les bras d'une femme. Et Livia, coincée dans sa petite maison de Beaufort, entre ses cours et des activités qui avaient perdu toute saveur depuis son départ, s'apparentait à une Didon ou une Pénélope. Une femme désemparée, éplorée, qui ne perdait cependant pas l'espoir de retrouver un jour l'homme qu'elle aimait.

Une crampe contracta son ventre.

Hudson lui manquait atrocement. Cela ne devait pas être permis d'être aussi accro à un homme. D'en être aussi amoureuse.

— Livia, est-ce que ça va ?

La concernée tourna la tête en direction de Scarlett, vêtue d'un tablier de pâtissière, une assiette de muffins entre les mains.

— Mmm… ça ira mieux lorsque j'aurai goûté à tes mignardises.

La rouquine esquissa un sourire, puis reporta son regard sur les rangs de marines qui traversaient avec panache et discipline leur rue, acclamés au passage par les gens du voisinage pendant que les musiciens militaires interprétaient l'hymne national des États-Unis.

— Lex doit superviser le cortège.

— C'est la première fois que je vois les tenues d'apparat des marines, répondit Livia en les admirant de loin, son cerveau imaginant automatiquement Hudson dans l'un de ces uniformes bleu marine et noir, souligné par des touches de rouge et parachevé par un élégant couvre-chef blanc. Hudson participe à des évènements officiels comme celui-ci ?

— Ça peut lui arriver, oui.

— Il doit être magnifique dans ce costume, soupira la jeune femme en saisissant un muffin, dans lequel ses dents se plantèrent avec gourmandise.

Livia mangeait plus qu'autrefois et s'était alourdie de trois ou quatre kilos. Au début, Scarlett et elle avaient songé à un début de grossesse ; les détails physiologiques qui avaient suivi le départ de Hudson induisaient en erreur, puisqu'il y avait eu un retard dans les menstruations et des comportements alimentaires inhabituels, d'autant plus que Livia ne prenait pas la pilule. L'éventualité d'avoir un bébé de Hudson n'avait pas effrayé la jeune femme, au contraire. Au plus profond d'elle-même, elle rêvait de sentir l'enfant de l'homme qu'elle aimait grandir dans son ventre.

La jeune femme avait nourri l'espoir d'être enceinte le temps d'attendre le verdict des trois tests de grossesse successifs qu'elle avait faits. Mais tous s'étaient révélés négatifs.

En réalité, si elle avait eu des retards dans ses règles et s'était mise à manger de manière compulsive, c'était uniquement parce qu'elle stressait et déprimait.

Oui, Livia Cartmell sombrait dans la dépression depuis que son amant avait déserté sa couche sans la promesse d'un retour. Peut-être même qu'il était mort à l'heure actuelle ? Cette simple idée avait le don de la rendre malade.

Sa dépression atteignait un niveau bien plus haut qu'au moment où elle avait rompu avec Miles. C'était dire combien l'amour brut surpassait l'attachement cultivé qu'elle avait ressenti un jour pour son ancien compagnon.

Finalement, peut-être aurait-elle dû écouter ses parents et ne jamais mettre les pieds à Beaufort…

— Est-ce que tu as eu de ses nouvelles, Scarlett ?

— Non, pas encore.

— Penses-tu qu'il a contacté Lex et John ?

— Peut-être bien. Mais ne t'en fais pas, Hudson écrit ou appelle rarement. Pas de nouvelles, bonnes nouvelles. Ça fonctionne comme ça avec lui.

— On nous préviendrait vite si jamais il lui arrivait quelque chose, n'est-ce pas ?

— Oui. Je suis l'une des références à contacter, alors crois-moi que nous serions parmi les premières au courant si jamais…

— Il faut que je lui écrive, lâcha subitement Livia. Je ne peux pas garder tous ces sentiments en moi. Il faut qu'il sache qu'une femme l'aime à l'autre bout du monde et est capable de tout plaquer pour lui.

Scarlett écarquilla les yeux et se laissa tomber sur le second rocking-chair situé sous le porche.

— Tu es sérieuse, Livia ? Tu es capable de tout plaquer pour lui ?

— Je sais, ça paraît fou, mais oui. Pour Hudson, je pourrai changer mes projets de vie. Depuis deux mois, je ne cesse de me demander ce qui est essentiel dans la vie et j'en suis venue à l'évidence que le bonheur était bien plus important que la satisfaction. Ici, à Beaufort, en compagnie de Hudson et de toi, je me suis rendu compte que j'étais véritablement heureuse. J'ai l'impression d'être moi, la *vraie* Livia, grâce à vous.

— Mais que penseront tes parents ?

Livia parut s'enfermer un instant dans sa réflexion, les yeux contemplant aveuglément les rangs s'éloigner vers l'horizon.

Elle finit par hausser les épaules.

— Ils s'y feront. Je sais qu'ils seront déçus par mes choix, qu'ils m'en tiendront rigueur longtemps, mais je ne veux plus jouer et faire semblant. Je sais que c'est égoïste de ma part… je sais que c'est peut-être un manque certain de piété filiale… néanmoins, ça reste ma vie. Je suis une adulte aujourd'hui et je sais que l'existence à laquelle j'aspire est différente de celle à laquelle ils me destinent.

— Une femme de politicien et un avenir en tant que professeur émérite à King's College ?

— C'est exact.

— Tu ne risques pas de regretter cette décision ? Tu sais, je crois que Hudson t'aime sincèrement. Ça s'est vu à la manière dont il t'a regardée avant de te quitter, mais… si jamais la vie à ses côtés ne te plaisait plus ? Être femme de marine n'est pas si attractif que ça… le mari part souvent en mission, revient parfois mutilé ou dans un cercueil. Et puis, il y a les déménagements incessants, les contraintes au niveau du travail si le conjoint est carriériste…

— Je connais tous les risques. Hudson m'en a déjà parlé.

— Tu n'as pas peur ?

— Absolument pas. Si jamais il répond positivement à mon appel, alors je suis prête à faire des sacrifices. Du moment que je vis avec lui. Et puis, si ça peut te rassurer, je n'ai jamais vraiment voulu être professeure de Lettres classiques à King's College. Ce sont mes parents qui m'y ont obligée. Enseigner n'a rien de rebutant, au contraire, j'aime transmettre un savoir à mes étudiants, mais j'ai toujours aspiré à quelque chose d'autre. À l'écriture de romans, par exemple.

— Hudson ne t'empêchera jamais de réaliser tes rêves. Mais encore faut-il qu'il comprenne lui-même qu'il ne peut plus vivre sans toi.

— C'est la raison pour laquelle je dois lui écrire tout de suite.

Moins empressée que sa cousine et étrangement plus réfléchie, Scarlett tendit son bras pour recouvrir la main de Livia de la sienne, dans un geste de réconfort.

— Je crois qu'il serait plus sage que tu réfléchisses encore un peu à ce désir de tout plaquer pour vivre avec Hudson. C'est magnifique de songer à tout ça par amour, mais tu devrais prendre encore un peu de recul. Histoire de laisser ce désir mûrir ou s'éteindre. Il ne faut pas que tu agisses sous le coup d'une impulsion pour regretter par la suite. Hudson ne supporterait pas l'échec de votre couple. Il fait le dur à cuire comme ça, mais en réalité, cet homme est aussi sensible qu'une jeune vierge. Quand il aime quelqu'un, c'est sans mesure. Je ne voudrais pas que vous vous détruisiez à cause d'un manque de jugement et d'une décision trop hâtive.

— J'y réfléchis depuis deux mois, Scarlett.

— Accorde-toi encore un mois. Un mois de maturation et de sagesse. Ensuite, tu pourras lui écrire. Il faut aussi lui laisser le temps de réaliser qu'une vie sans toi est impensable.

— Oui, tu as sans doute raison.

Chapitre 12

Un mois plus tard

Livia longeait les corridors de l'université pour rejoindre la bibliothèque et y travailler ses cours lorsqu'elle fut interpellée par une empoignade entre deux étudiants, eux-mêmes entourés de camarades qui les observaient, complètement hébétés.

Scandalisée par la bagarre, la jeune femme ne perdit pas de temps pour se précipiter à leur rencontre, disperser les spectateurs et tenter de séparer les deux querelleurs. Elle leur cria l'ordre de cesser et tenta de retenir celui qui était le plus près d'elle, mais manqua de se prendre un soufflet en pleine figure. Ce fut au moment où le plus vulnérable des deux tomba à terre qu'elle parvint à s'immiscer entre eux et à prendre le contrôle de la situation.

— Bon Dieu ! Qu'est-ce qui ne tourne pas rond chez vous ?

Les mains sur les hanches, hissée entre ces gaillards qui se dévisageaient en chien de faïence, Livia ne manqua pas de crédibilité dans son rôle d'arbitre et tapa du pied quand la réponse se fit tarder.

— Alors ?

Celui qui était tombé par terre, un étudiant qu'elle avait en cours et qui se démarquait par ses excellentes notes, se redressa en essuyant son nez ensanglanté et se défendit :

— Mademoiselle Cartmell, c'est Ugo qui a commencé à me provoquer avec ses insultes. Il a osé incriminer mon frère, qui est chez les marines, en le traitant d'assassin d'enfants !

— Tous les enfants étrangers qui meurent sous les bombes américaines sont les victimes de nos armées. Les marines en font partie ! hurla l'autre en voulant poursuivre la bagarre, mais Livia l'en empêcha en posant fermement ses deux mains sur son torse, comme pour le repousser.

— Temps mort, ordonna-t-elle sévèrement en considérant le plus querelleur des deux d'un œil glacial, bouleversée par sa remarque autant que si elle avait été la fille, la mère ou l'épouse d'un marine.

— Tu devrais la fermer, Ugo. Tu parles de choses dont tu ne connais rien. Mon frère est un homme bon, un patriote et un défenseur des droits de l'Homme, qui risque sa vie dans des zones de conflits pour apaiser les tensions dans le monde et sauver autant que possible des innocents. Certains meurent, accidentellement, mais il n'en est pas personnellement responsable. C'est la guerre qui veut ça.

Livia se retourna vers celui qui venait de parler et lui imposa le silence par un regard autoritaire.

— Que des connards, tu veux dire ! cracha le dénommé Ugo.

— Vous avez peut-être vos raisons de penser ça, mais vos propos n'en restent pas moins déplacés, décréta Livia au moment où un autre professeur faisait son intervention. Monsieur Nigels, pouvez-vous vous occuper de cet étudiant pendant que j'accompagne celui-ci à l'infirmerie, s'il vous plaît ?

Elle indiqua la victime au nez ensanglanté de la main.

— Bien sûr.

Livia invita le blessé à la suivre jusqu'à l'infirmerie pendant que son collègue se chargeait du turbulent.

— Merci d'être intervenue, mademoiselle Cartmell. Mais ce n'est pas la première fois que je m'embrouille avec Ugo. Il a les militaires en horreur. C'est un vrai coco de l'ancienne, ce mec.

— Vous ne devriez plus faire attention. L'ignorance est un excellent bouclier.

— Ce n'est pas ce que m'a appris mon frère. Toujours mordre le premier avant d'être mordu. Je n'aime pas quand on dit du mal de lui. Surtout que c'est un type bien.

— Je comprends.

— Vous comprendriez mieux si vous aviez un membre de votre famille basé on ne sait où, qui risque sa peau toutes les minutes et qui ne mérite en rien d'être insulté par des soi-disant compatriotes.

Livia l'écouta en fourrageant en même temps dans son cartable pour trouver un paquet de mouchoirs et le lui tendre, afin qu'il s'essuie le nez.

— Je connais un marine, moi aussi. Et je n'aimerais pas qu'on l'insulte.

Dans une autre partie du globe, au milieu de la chambre qu'il partageait avec Keir et deux lieutenants de la FORECON, Hudson griffonnait des mots sur une feuille de papier, tout en admirant par moment l'Impératrice aux cheveux blonds, cette carte de tarot qu'il gardait toujours contre lui. C'était la vingtième fois qu'il écrivait la même chose à Livia, puis finissait par arracher le papier du bloc-notes pour le chiffonner dans sa main et le jeter à la poubelle. Depuis quelques jours, il s'affairait à tracer des phrases qui n'étaient pas destinées à être lues, comme si gaspiller des feuilles et de l'encre l'aidait à évacuer son manque d'elle.

— Tu sais quoi, Rowe, tu devrais l'appeler une bonne fois pour toutes, lui conseilla Keir depuis son lit, sur lequel il était étendu en feuilletant un magazine de voyages. Ça m'évitera de t'entendre gratter du papier toute la nuit.

— Tu n'as qu'à mettre des bouchons d'oreilles.

— Je suis sûr que tu redeviendras comme avant une fois que tu partiras en vacances avec moi. Pour la prochaine permission, qu'est-ce que tu préfères entre un voyage en Chine et un voyage au Portugal ?

— J'en sais rien. T'as qu'à faire pile ou face, maugréa Hudson en reposant son stylo à bille pour se prendre la tête entre les mains. Si je l'appelle, je romps mes engagements envers moi-même et je ne fais que rendre la situation plus délicate. Je dois seulement l'extraire de ma pensée, de mes souvenirs.

— Commotion cérébrale, ça peut marcher avec une amnésie.

— Moins radical.

— Souffre encore quelques mois avant de te trouver une amante de passage, comme avant. Ça fonctionnera. Si elle te hante encore, c'est parce que tu n'as pas d'autres sujets de distraction, à part la guerre bien sûr. Mais c'est différent, tu en conviendras.

— Quand tu tomberas amoureux un jour, tu te rendras compte que ce n'est pas aussi facile.

— Dieu est grand et m'a programmé pour ne pas me métamorphoser en le soupirant gnangnan que tu es devenu, répliqua Keir. Il n'y a que Livia dans ta petite cervelle et ça fait flipper. Je n'aimerais pas du tout être obsédé par une femme. Le cauchemar.

— Ne sois pas aussi méprisant envers l'amour. Tu risques d'être surpris.

— Tu parles comme le général Arlington.

— Les anciens en savent plus que nous.

Il y eut le bruissement d'une autre page qui se tourne, puis le claquement d'une porte. Le major Reeves pénétra à cet instant dans la chambre des deux capitaines et ces derniers quittèrent diligemment leurs activités pour se mettre au garde-à-vous.

— Repos, leur ordonna l'autre, un quadragénaire de taille moyenne, au regard de glace et au caractère d'acier. Rassurez-vous, pas de mission à haut risque pour vous ce soir. J'ai besoin de vous pour du divertissement.

— Clown est mon deuxième prénom, goguenarda Keir en donnant un coup de coude à Hudson. N'est-ce pas, Rowe ?

— Affirmatif.

— Je ne vous demande pas de faire les clowns. J'aimerais seulement que Rowe nous joue un morceau à la guitare en nous chantant quelque chose. J'ai parié 250 $ sur ses talents musicaux et je compte bien les récupérer.

— Sauf votre respect, major Reeves, pourquoi avez-vous fait cette connerie ? répliqua Hudson en feignant l'impassibilité.

— Parce que je veux montrer à ces petits merdeux de la U.S Army que les hommes de la U.S.M.C sont plus performants qu'eux. Sur tous les points. Ils se vantent d'avoir une Maria Callas avec des couilles dans leur rang, alors j'ai dit qu'on avait Elvis Presley chez nous. Un officier a déniché une guitare.

Keir s'esclaffa et Hudson assimila l'information avec un temps de retard. Son supérieur lui demandait de chanter. Voilà qu'il devenait le choriste de la bande. Mais pourquoi pas, cette nouvelle animation le détournerait de Livia pour un moment.

— Je ne manque jamais de fermer le clapet d'un soldat de la U.S Army.

— Il y a intérêt, Rowe. Je veux que vous battiez à plate couture cette diva à trois sous.

Les deux capitaines quittèrent leur chambre à la suite de leur supérieur et s'orientèrent à l'extérieur, vers un rassemblement de soldats où un feu de camp avait été allumé pour les réchauffer dans la nuit afghane. Des hommes de la U.S Army s'étaient mélangés aux marines à l'occasion de cette rencontre amicale et festive.

— Voilà la vedette de nos rangs, déclara le major Reeves en présentant Hudson à la cinquantaine d'hommes présents. Montrez-leur de quel bois vous vous chauffez, Rowe.

Il y eut des sifflements appréciateurs parmi les marines quand Hudson saisit la guitare que l'un de ses camarades lui tendait. Il s'installa ensuite sur une caisse de transport vide, mise à sa disposition.

Avant la mort de son père, il avait coutume de remonter le moral de ses frères d'armes par de longues soirées musicales, avec lesquels il mettait l'ambiance autour d'un feu et de plusieurs carcasses de bouteilles d'alcool. En général, cela donnait lieu à une communion joyeuse où l'on pouvait oublier dans une parenthèse mélodieuse la dureté de la guerre et le manque du pays.

Keir s'assit en tailleur à même le sol, juste à côté de lui, et attendit comme le reste de l'assistance le commencement de son jeu. Hudson commença par gratter nonchalamment les cordes, histoire de songer à ce qu'il allait interpréter, quand soudain, des notes entraînantes explosèrent autour du feu en même temps que sa voix grave, au grain rocailleux, à peine échauffée, chantait *Sittin' on the Dock of the Bay* d'Otis Redding.

Une ambiance du sud des États-Unis gagna l'atmosphère et l'interprétation de Hudson en stupéfia plus d'un. Cet homme avait de l'or dans la voix et communiquait beaucoup d'émotions à travers son jeu de guitariste. C'était simple, brut et à la fois si maîtrisé.

Pour l'accompagner, Keir se mit à frapper en rythme dans ses mains et d'autres militaires l'imitèrent, donnant ainsi naissance à un véritable chœur musical. D'autres voix harmonieuses se joignirent à celle de Hudson sur les refrains et des sifflements mélodieux enrichirent les sons de l'instrument. Il y eut comme un air de western comique en plein cœur de l'Afghanistan.

— Plus fort ! encouragea Hudson à l'adresse de ses camarades.

L'orchestre improvisé se fit plus tonitruant dans la nuit en ameutant d'autres personnes qui vinrent grossir le groupe. Bientôt, des applaudissements et des vivats finirent par saluer la prestation de Hudson quand il gratta la dernière note de la chanson.

— Alors, Hendricks, il est doué mon poulain, pas vrai ? lança le major Reeves à travers l'assemblée, les yeux fixés à son homologue de la U.S Army, un chauve au visage peu engageant.

Celui-ci acquiesça, mais Hudson prêta peu d'attention à ce qu'il dit comme une jeune femme en débardeur et pantalon treillis se précipitait vers lui, un sourire admirateur peint sur les lèvres et ses yeux bleus reflétant l'éclat des étoiles. Elle semblait sous l'emprise d'un sortilège.

Hudson sursauta à sa simple vue.

Elle était blonde aux yeux bleus. Avec une jolie bouche rose.

Soudain, le visage de cette militaire s'effaça au profit de celui de Livia et une envie folle de la serrer entre ses bras le harponna.

— Je suis le lieutenant Grey. Samantha Grey, mais tout le monde m'appelle Sam.

— Capitaine Rowe.

Il était laconique et un peu distant.

Samantha Grey était mignonne comme un charme, mais elle n'était pas Livia.

— Je suis dans la U.S Army et je dois avouer que vous dépassez notre chanteur, capitaine Rowe.

Il y eut un petit ricanement du côté de Keir, qui s'était levé en posant une main encourageante sur l'épaule de Hudson, un geste souligné par un clin d'œil de garnement.

— Lieutenant Grey, vous devriez emmener le capitaine Rowe admirer les étoiles avec vous.

— Avec plaisir. Capitaine Rowe ?

Le regard insistant qu'elle posa sur Hudson finit de le convaincre, plus par politesse que par envie. Mais peut-être qu'une présence féminine l'aiderait à mieux sentir Livia ou bien à l'oublier ? Il ne fréquentait pas beaucoup de femmes dans les environs et cette Samantha, qui était objectivement son type, pouvait peut-être l'aider à se changer les idées.

Il posa la guitare à terre, puis se redressa de la caisse de transport pour s'éloigner du rassemblement et s'égarer en sa compagnie vers un coin plus isolé de la base. En chemin, Hudson crut reconnaître le sergent Blythe et Kitty sur un hamac, à rire et boire au goulot d'une bouteille ensemble. Depuis quelques semaines, ces deux-là étaient inséparables et l'infirmière militaire semblait véritablement séduite par sa nouvelle victime.

— Où avez-vous appris à chanter et jouer de la guitare ? demanda Samantha alors qu'ils s'arrêtaient devant un autre hamac libre.

— Mon père m'a appris.

Hudson l'invita à prendre place sur le hamac et quand il s'assura que le filet était assez solide pour les accueillir tous les deux, son corps s'y installa.

— Qu'est-ce qui vous a poussé à entrer dans l'armée, lieutenant Grey ?

— Sam, le reprit-elle avec un doux sourire, qui lui rappela celui de Livia dans la semi-pénombre. J'ai toujours aimé l'aventure et je voulais suivre les traces de mon grand-frère. Il était dans l'armée, mais l'a quitté à la fin de son contrat pour se reconvertir dans le civil.

— Vous allez vous reconvertir à votre tour ?

— Après mon contrat, j'aimerais me trouver un mari et fonder une famille. Mais il me reste encore quelques années. Vous avez une famille, capitaine ?

Il aurait adoré répondre qu'une magnifique femme l'attendait à la maison et s'occupait de leurs enfants pendant qu'il assurait la sécurité dans le secteur. Il aurait voulu lui parler de Livia, lui décrire sa beauté, sa douceur, son énergie et ses talents littéraires.

— Non.

— Vous m'avez l'air d'être un rêveur, capitaine.

— Au contraire, je suis très terre à terre.

Mais comme pour se contredire lui-même, Hudson releva la tête et égara son regard dans l'océan d'astres qui surplombait leurs têtes, l'esprit propulsé en Caroline du

Sud. L'image de Livia s'imposa une fois encore devant ses yeux et lorsqu'il devina quelques mouvements à ses côtés, il crut sentir la chaleur et le parfum de son amante.

Inopinément, la caresse d'une paume tiède sur son avant-bras raviva des souvenirs encore vifs en lui et accéléra le rythme de son cœur. Il tourna son visage dans la direction de Samantha, le regard embrumé et si intense qu'il en troubla sa compagne du soir. Loin d'être farouche, cette dernière se rapprocha de lui de telle manière que leurs têtes se retrouvèrent bientôt à quelques centimètres l'une de l'autre.

— Vous me plaisez bien, capitaine.

Hudson sentit le souffle tiède de son haleine sur sa joue et voulut lever la main pour lui caresser les cheveux, mais il ne bougea plus. Quelque chose d'étrange était en train de se jouer. Les traits de Livia s'imprimèrent sur ceux de Samantha, le timbre de sa voix et son accent britannique sortirent de sa bouche. Il crut même percevoir dans la nuit l'écho de son rire pur et féminin.

Hudson se tétanisa sous la violence des hallucinations dont il était captif. L'espace de quelques secondes, il s'abandonna à la naïveté et pensa que Livia était présente, à ses côtés, prête à lui donner le baiser qu'il quémandait dans ses rêves. Mais en réalité, c'était bien Samantha qui se rapprochait de lui jusqu'à frôler ses lèvres.

— Livia...

Ce chuchotis échappa à Hudson et à la crispation de Samantha, il réalisa combien ses fantasmes prenaient l'ascendant sur la réalité.

Semblable au diable sorti de sa boîte, il bondit du hamac en la surprenant au passage, puis se distança en bredouillant des excuses.

— Ne soyez pas vexée, Sam, mais j'aime une femme.

— Je ne le suis pas et j'ai bien compris que je vous faisais penser à quelqu'un d'autre. J'espère seulement qu'elle sait que vous tenez à elle.

Chapitre 13

District de Delaram, Afghanistan
25 décembre 2007

— Les cadeaux sont arrivés !

Coiffé d'un bonnet de père Noël, qui jurait ouvertement avec son uniforme treillis, le capitaine Dalglish fit cette annonce d'une voix de stentor en pénétrant dans l'une des spacieuses tentes tunnels du camp des U.S marines, talonné par le sergent Blythe, occupé à pousser un chariot lourd de colis. La cinquantaine de soldats présents dans la tente, pour la plupart rangés sur leurs lits de camp, à lire, écouter de la musique, écrire des lettres ou discuter entre eux, abandonnèrent leurs activités et regardèrent dans leur direction. La vision d'une montagne de petits paquets et d'enveloppes les emplit brusquement d'espoir et de joie.

— Bon, les mecs, à voir vos têtes de gosses émerveillés devant une parade de Disney, je vais vous appeler un à un afin d'éviter l'émeute, clama Keir. Mais avant, quelqu'un veut bien mettre l'ambiance avec de la musique de Noël ?

— Je m'en occupe ! lança un type à lunettes, posté derrière un ordinateur portable.

Une poignée de secondes plus tard, les notes de *I'll be Home for Christmas* vibrèrent dans la tente.

— Sérieux, Stephen, tu veux tous nous faire chialer avec du Dean Martin ou quoi ? protesta un autre soldat à l'autre bout de la pièce.

— C'est la playlist, mec.

— Bon, ça va aller comme ça ! approuva Keir en saisissant le premier paquet de la pile, avant de héler le nom du destinataire. Francis Di Carlo !

Un marine se redressa aussitôt de son lit pour rejoindre ce drôle de père Noël balafré et récupérer son colis. Puis sans une pointe d'humour, il lança en direction de ses camarades :

— Qui veut parier contre moi que ma femme m'a envoyé des caleçons et des sachets de Skittles ?

— Au moins, t'as une femme qui pense aux bonbons, rétorqua un autre militaire. À tous les coups, la mienne m'envoie des mots croisés, des Sudokus et des chewing-gums bio !

— C'est pour stimuler ton esprit et t'éviter le diabète, Jackson. Ta femme ne veut que ton bien, lança Keir.

Il y eut des ricanements moqueurs.

Assis dos contre le mur sur un tabouret et un magazine spécialisé dans le domaine de l'archéologie entre les mains, Hudson essayait de lire, mais le charivari festif qui l'environnait l'empêchait de se concentrer. Ajouté à cela le souvenir obsédant de Livia. Avait-elle le mal de lui, ce manque terrible de l'autre, si sournois et si poignant qu'il en donnait la migraine et le tournis ? Ou l'avait-elle oublié comme il le lui avait demandé ? Peut-être avait-elle même déniché un nouvel amant pour Noël, un type disponible et attentionné, qui était entré dans sa vie de façon durable, pas pour disparaître au bout de quatre semaines...

De mauvais poil, Hudson sut toutefois garder son sang-froid et se contenta seulement de tourner une page, très sèchement. Il s'obligea à vider son esprit au son de la musique *White Christmas* et commençait à y parvenir lorsque Keir le héla :

— Capitaine Rowe !

Hudson releva les yeux de son magazine. Au loin, Keir le fixait en agitant deux colis dans ses mains.

— On dirait que notre cher capitaine a été très sage cette année pour mériter deux paquets, commenta Keir, un sourire énergique retroussant sa bouche.

Hudson avait coutume de recevoir un paquet de Scarlett, qui lui offrait souvent des friandises et des photographies de paysages, d'objets ou de personnes, au dos desquelles des anecdotes humoristiques étaient inscrites. Mais tout cela rentrait généralement dans un seul paquet, alors de quelle autre personne pouvait venir le second ?

Le souvenir d'un regard myosotis s'imposa dans ses pensées en accélérant son rythme cardiaque. Était-ce probable que Livia ait pensé à lui ? Pourtant, il lui avait demandé de ne pas lui écrire…

Sa curiosité poussée à l'extrême, Hudson quitta sa chaise en y délaissant le magazine et rejoignit son meilleur ami sous les regards intrigués des autres hommes. Il était de notoriété publique que le capitaine Rowe ne recevait pas beaucoup de courriers, hormis les lettres trimestrielles que lui adressait Scarlett.

Quand il arriva à la hauteur de Keir, ce dernier lui glissa en tapinois :

— Les deux paquets viennent de la même adresse. Quelque chose me dit que ton Anglaise a transgressé tes ordres.

Hudson récupéra les deux paquets, l'air grave.

— Tu ressembles à un martyr, mon frère. Tu sais que ce sont des cadeaux de Noël et pas des bombes artisanales à désamorcer ?

Son ami avait tout faux. Le colis de Livia pouvait s'avérer aussi détonnant qu'un engin explosif improvisé.

— Allez, Rowe, dépêche-toi de les ouvrir, j'ai envie de voir ce qu'elles t'ont envoyé, reprit Keir en saisissant un autre paquet dans le tas qui se rapetissait.

L'impatience chevillée au corps, Hudson se hâta de rejoindre son tabouret pour découvrir en toute tranquillité le contenu de ses colis. Leurs proportions et emballages identiques empêchaient d'identifier l'expéditeur, aussi, ce fut à l'aveuglette qu'il en saisit un afin de le déballer. Il utilisa un petit canif pour fendre le scotch marron qui cimentait le carton, puis déplia les rebords en révélant plusieurs sachets de Salt Water Taffy. Cela venait de Scarlett. Sous les friandises dormait une épaisse enveloppe en papier kraft, au revers de laquelle était inscrite en lettres majuscules cette phrase : « CE QU'IL SE PASSE EN TON ABSENCE ».

Sans attendre, Hudson s'empara de l'enveloppe, l'ouvrit et en libéra huit photos de format 10x15 cm. La première représentait Kismet dans le ranch de Cameron, épanoui comme jamais dans les bras de son nouveau maître, un quart de pastèque en bouche. « Cameron le gave comme un cheval. Tu le retrouveras aussi gros qu'un chimpanzé ! », disait la légende.

Une ombre de sourire fleurit sur le visage de Hudson. Il se détendit un peu. Les frasques et l'amitié de Kismet lui manquaient, mais savoir que son petit compagnon d'armes s'épanouissait dans son nouveau lieu de vie le soulageait.

La seconde photographie représentait une Dionée attrape-mouches, disposée en pot dans la cuisine de Scarlett. « Si le vinaigre n'est pas efficace pour attraper les mouches, j'ai trouvé un moyen plus radical. Sérieusement, c'est un ami biologiste qui m'a offert cette plante carnivore… Hudson, crois-tu qu'il essaie de me faire passer un message subliminal ? »

Cette fois-ci, le sourire de Hudson s'élargit lorsqu'il se forgea mentalement la réaction de Scarlett face à un cadeau aussi insolite. Elle avait dû rire aux éclats en pensant à un mauvais tour, avant de réaliser, pâle comme un cachet d'aspirine, que ce n'était pas une plaisanterie. Pauvre Scarlett !

La troisième photo ressemblait à une publicité de traiteur de luxe avec le délectable dîner de Thanksgiving qui y apparaissait. « La dernière fois que nous avons fêté Thanksgiving ensemble, j'avais dix-huit ans. Je t'ordonne de t'arranger pour l'année prochaine. Je viendrai même jusqu'au front avec ma dinde s'il le faut. »

Sans attendre, le militaire découvrit les photographies suivantes. Il y avait un coucher de soleil sur Charleston, avec ses palmiers et son croissant de lune argenté, la course folle de deux dauphins et une scène cocasse prise en plein quartier historique de la ville. Quand il passa à la dernière photo, son cœur fit une embardée dans sa poitrine.

Livia, de profil, qui se détachait dans la lumière crépusculaire de Beaufort, assise sur le sable, les jambes repliées contre elle-même, emmitouflée dans un cardigan rouge, les cheveux blonds lâchés sur ses épaules et l'air totalement songeur. Elle ne semblait pas remarquer l'objectif braqué sur elle. Mais vers où ses pensées se dirigeaient-elles pour que la jeune femme paraisse si loin, si mélancolique ? « Elle ignore l'existence de cette photo. J'ai pris la liberté de te l'envoyer pour atténuer la dureté de ton quotidien et t'encourager à rentrer vivant. Joyeux Noël, Hudson. »

Il demeura de longues secondes immobile, les yeux scotchés au portrait de la femme qu'il aimait. Du bout des doigts, il se mit à caresser ce profil, ce corps, ces cheveux dont il ne pouvait que se souvenir, tout en rêvant de la voir sortir de cette photographie pour s'incarner devant lui.

Admirer Livia lui rappela la présence du second colis. Il posa les photos sur ses genoux, attrapa l'autre paquet scellé, l'ouvrit d'un coup de lame, et tout en humant le nouveau parfum qui s'en libérait, saisit l'objet qui s'y trouvait, soigneusement et généreusement enroulé dans du papier bulle. Un instant lui suffit pour reconnaître la fameuse théière ancienne de Livia, une pièce de valeur qui la suivait partout dans ses longs voyages. Elle ne préparait jamais son thé sans cette théière.

Le cœur fébrile, Hudson ôta le papier bulle et ses mains palpèrent la porcelaine de l'objet finement confectionné, ses yeux redécouvrant les motifs qui le décoraient. Un parfum de thé au jasmin en émanait, cette même essence qu'il retrouvait dans la bouche de Livia quand leurs lèvres s'aimaient. Désireux de s'en griser, il souleva le couvercle de la théière et, comme par magie, découvrit à l'intérieur du récipient plusieurs feuilles de papier enroulées sur elles-mêmes, à la façon des rouleaux de papyrus.

Non sans délicatesse, Hudson plongea la main à l'intérieur, en sortit les feuilles, et pareil à un archéologue sur le point de réaliser une découverte décisive pour l'histoire de l'Humanité, les déroula en retenant son souffle. Une graphie élégante, révélatrice d'un tempérament artistique et soigné, apparut à son regard.

Hiver 2007, Beaufort
Hudson,

Tu m'as demandé de te ne pas écrire, de ne pas espérer et d'oublier. Autant me demander de ne plus respirer. J'ai tenté de t'obéir durant ces jours écoulés sans toi, de toutes mes forces, mais je ne possède pas le mental d'acier d'un capitaine des marines. Et puis, comment ne pas t'écrire pour Noël? C'est déjà difficile de songer que je ne fêterai pas ce moment magique avec toi, que je ne le ferai peut-être jamais... alors, je t'en prie, ne m'en veux pas.

Les phrases qui vont suivre ne sont pas la conséquence d'un désespoir insensé, mais le fruit d'une réflexion mûre, pensée la tête froide et en toute connaissance de cause. Trois mois m'ont suffi pour réaliser que ce que nous avons vécu était bien plus précieux qu'une simple aventure. Les moments passés à tes côtés ont été les plus beaux de toute ma vie jusqu'à présent et, crois-le ou non, ont été suffisants pour que je tombe éperdument amou-reuse de toi. Je t'aime plus que le monde et le firmament, plus qu'il m'est permis de le faire. Quand je pense que je peux te perdre à n'importe quel instant, mon cœur et mon âme saignent. Souvent, dans mes moments de solitude, je regrette de ne pas être tombée enceinte, de ne pas sentir une partie de toi-même grandir en moi, de porter un enfant qui me rappellerait ton souvenir jusqu'à la fin de mes jours...

Avant ta rencontre, je rêvais de me trouver hors de mon monde et de toutes influences parentales. Je voulais me griser d'expériences nouvelles et revenir dans mon cocon naturel. Et puis, tu es arrivé dans ma vie. Cela a duré quatre semaines, le temps d'une permission. Ce fut court, mais intense et décisif. Lorsque je suis à tes côtés, je suis celle que je cherche depuis toujours. Je ne pense plus à ce qui pourrait m'élever dans la société, mais à ce qui me comblerait dans la vie. Tout simplement.

Une carrière en Angleterre, une vie confortable et luxueuse à Londres n'ont aucun attrait si cela me tient éloignée de toi. Je sais que l'armée est ta famille et que tu ne pourras jamais quitter ton pays, qu'une vie à tes côtés réserve des absences récurrentes, du stress, de l'incertitude et de l'abnégation. Tu me l'as assez répété. Mais je mesure également la passion, l'amour fou, la sécurité, la tendresse et le réconfort qu'elle apporterait. Si tu me le demandais, je prendrais tout ce que tu pourras m'offrir, car je n'envisage pas un avenir sans toi.

Je vous veux de toute mon âme, capitaine Rowe. Vous et nul autre. Tous les arguments que vous pourrez m'énoncer ne parviendront pas à me faire renoncer à vous. Dans ma vie, j'ai déjà trop cédé pour ne pas affirmer mes propres choix aujourd'hui.

Notre histoire ne peut pas s'arrêter sur un baiser et un adieu.

Je n'attends pas une réponse. Je t'attends, toi.

Joyeux Noël, Hudson.

Avec tout mon amour,

Livia

P.S : Talisman pour talisman. Je ne quitte jamais ton médaillon. En échange, accepte ma petite théière de Sèvres. Tu pourras y préparer ton fameux kahwah afghan.

Chapitre 14

Dans la nuit

Hudson avait lu et relu la lettre de Livia jusqu'à la connaître sur le bout des doigts. Chaque mot avait la saveur d'un baiser et s'était profondément ancré dans sa mémoire comme un mantra qu'il fallait se répéter au jour le jour. Elle l'aimait et avait eu assez de cran pour le lui dire la première et lui révéler combien la vie loin l'un de l'autre n'aurait aucun sens.

Elle avait raison et s'était montrée plus audacieuse que lui. Désormais, les tergiversations devaient s'achever. Hudson devait se ranger à l'évidence : le célibataire indépendant qu'il était ne pouvait plus vivre sans elle, la carte de tarot était là pour lui rappeler sa présence à l'autre bout de la Terre. Il était amoureux d'elle et cet amour était si instinctif qu'il semblait prospérer en lui depuis plus d'un siècle.

Impatient d'entendre la voix de Livia, Hudson profita d'un moment d'accalmie dans le camp pour lui téléphoner. Il y avait huit heures de décalage entre l'Afghanistan et la Caroline du Sud et elle devait certainement être en train de préparer le dîner, en compagnie de Scarlett si cette dernière n'était pas de garde à l'hôpital.

La main solidement refermée sur le combiné et le cœur virevoltant, il composa leur numéro de téléphone, puis écouta les tonalités.

Une, deux, trois, quatre...

— Allô ?

Hudson retint sa respiration à mesure que son rythme cardiaque se modérait.

C'était Scarlett au bout du fil.

Sans conteste, il était ravi de l'entendre, mais un pincement au cœur traduisit une déception sous-jacente.

— Salut, Scarlett, c'est Hudson.

— Hudson ! Oh mon Dieu, comme je suis soulagée de t'entendre ! Tu n'as pas appelé depuis des siècles, on était inquiètes ici ! Comment tu vas ? Tu survis dans ton désert afghan ?

— Je suis aussi heureux de te parler. Ça va, ça va. On est pas mal sollicités ces derniers temps et on survit pour le moment. Et de ton côté ? Et Livia ?

— R.A.S de mon côté. Livia se porte bien, mais tu lui manques vraiment beaucoup... depuis ton départ, elle est souvent morose. Elle t'aime, tu sais.

— Où est-elle ?

— Toujours à l'université. Elle a une conférence sur la littérature latine qui se termine tard.

— Ah... bien. La vie à Beaufort lui plaît toujours ?

— Ce qui est certain, c'est qu'elle n'a plus envie de retourner à Londres. Veux-tu que je lui laisse un message ?

— Je... non... enfin si... dis-lui qu'il ne se passe pas un jour sans que je ne boive mon *kahwah* en pensant à elle. Dis-lui aussi que je fais le serment de la retrouver et que je l'aime.

— C'est noté.

— Je rappellerai vers minuit. Elle sera là ?

— Oui, je pense. Tu as reçu nos deux colis ?

— Oui, ils m'ont redonné le sourire. Merci beaucoup.

— C'est le strict minimum. On aurait aimé fêter Noël avec toi.

— L'année prochaine.

— Tu dis toujours ça, mais tu es à tous les coups en vadrouille le moment venu. Il faut vraiment que tu sois présent l'année prochaine. Surtout si Livia est avec toi.

— Oui, mon commandant, affirma-t-il en lui arrachant un rire lumineux. Sinon, tout va bien dans le secteur ? Vous n'avez pas d'ennuis ? Il n'y a pas de mecs bizarres ou trop entreprenants qui rôdent autour de vous ?

— Non, non et non. Tu n'as pas de soucis à te faire pour les mecs, Livia sait les tenir à distance quand elle le veut. Si on regarde bien, tu n'as pas choisi la plus douce des créatures comme élue de ton cœur, plaisanta Scarlett. Et maintenant qu'elle sait se servir d'un flingue, crois-moi que son instinct de défense s'est décuplé.

Hudson eut un sourire satisfait.

— C'est tout ce que je voulais entendre. Je te laisse, Scarlett, Dalglish me fait signe de le retrouver pour une partie imminente de poker.

— Ah, Dalglish...

— Tu veux lui parler, peut-être ? plaisanta Hudson, sans songer qu'à l'autre bout du fil, sa protégée était bien plus troublée par ce nom qu'elle le laissait présager.

— Non merci.

— Embrasse Scarlett pour moi ! lança Keir à l'autre bout de la pièce, un cigarillo au bec et assis autour d'une table en compagnie d'une demi-douzaine de compères.

— Il t'embrasse, transmit Hudson.

— J'ai entendu, merci. Bon, file. Et n'oublie pas de rappeler Livia.

— J'en fais ma priorité. Prends soin de toi, chipie.

L'instant d'après, il raccrochait pour rejoindre le groupe de marines affairés à préparer les gains à miser sur une grande table circulaire. Parmi ce rassemblement se trouvait Kitty, la seule femme conviée à cette partie. Elle venait de quitter son poste de soins pour retrouver son chevalier servant, le sergent Blythe qui ne semblait vivre que pour une parole ou un regard de sa part. Parfois, il s'écorchait exprès les doigts ou les pieds dans l'unique but d'être envoyé à l'infirmerie en plein exercice. Ce type était complètement fou d'amour, le genre à déplacer une montagne pour celle qu'il aimait. Le genre romanesque, avec un sens de l'héroïsme exacerbé. Bref, un idiot selon Keir, dont Kitty pouvait faire tout ce qu'elle désirait.

— Pourquoi tu ne vas pas parler toi-même à ta petite amie ? demanda Kitty à l'adresse de Keir.

Hudson darda sur son ami un regard interrogateur en même temps qu'il prenait place à sa droite.

— Ta petite amie ?

Un peu gêné, Keir se redressa sur son siège et tira une bouffée le temps de trouver une réplique.

— Scarlett, souligna Kitty. Je les ai vus en train de s'embrasser à Parris Island.

Keir se racla la gorge en sentant les yeux fourrageurs de son frère d'armes sur lui. Hudson était extrêmement protecteur avec sa petite sœur de cœur et mettait un point d'honneur à l'aider dans le choix de ses petits amis, même si elle n'en avait jamais vraiment eu à l'heure actuelle. Mais savoir que Keir avait franchi une limite jusqu'ici inenvisageable le cimentait sur place. Surtout qu'il savait à quoi s'en tenir avec son ami, le genre coureur de jupons qui disparaissait avec l'aube après avoir obtenu ce qu'il voulait des femmes.

— Parce que je lui ai déjà parlé plus tôt, mentit Keir à l'adresse de Kitty, avant d'émettre un message à Hudson par les yeux. *Je t'en parlerai plus tard.*

Et dans l'optique de clôturer cette conversation, Keir distribua les cartes aux joueurs. Tous avaient misé plusieurs dizaines de dollars ou des gadgets particulièrement prisés. Aussi expressif qu'une pierre tombale, Hudson découvrait son jeu tout en le dissimulant des coups d'œil que Keir égarait de son côté.

— Attention, les mecs, je vais tous vous dépouiller, les avertit le balafré.

Mais personne ne fit plus attention à son jeu de cartes quand, avec la violence d'un boulet de canon, un officier pénétra en trombe dans la pièce en inquiétant tous les joueurs. Au faciès déconfit du nouvel arrivant, Hudson halena les emmerdes à plein nez.

— On a un gros problème avec l'opération Liberty. Cinq marines ont perdu la vie dans cette foutue mission et le sixième est blessé, caché dans un trou en attendant notre arrivée. Réunion d'urgence avec le major Reeves tout de suite.

Tous les joueurs abandonnèrent leurs cartes sur la table et bondirent de leurs chaises en coordination les uns avec les autres. Keir écrasa son cigarillo dans un cendrier à proximité, puis emboîta le pas à Hudson quand ce dernier déserta la pièce le premier. En tant que capitaines de la bande, ils ouvrirent la marche jusqu'au bureau du major Reeves.

— Putain, mais c'est quoi ce bordel !

Cette nouvelle déchaîna les passions et personne, sauf Hudson, ne put s'empêcher de jurer et de maudire à tout va sur le chemin. Il fallut son intervention pour tous les réduire au silence. Lui aussi était remué par le désastre, mais le sang-froid était le meilleur allié d'un soldat qui se voulait analytique et exemplaire.

Une poignée de minutes plus tard, Hudson et Keir pénétraient dans le bureau du major Reeves pendant que les subalternes attendaient à l'extérieur. Le supérieur des deux amis les accueillit aussitôt avec une mine sombre et autoritaire, puis relata sans cérémonie :

— L'opération a foiré. Les FORECON chargés de nettoyer le secteur de Sleepy Hollow sont tous morts. Je ne connais pas les conditions de leurs échecs, mais l'urgence de l'heure est d'aller récupérer notre seul survivant, le lieutenant Rhett. C'est lui qui nous a donné l'alerte. Son téléphone satellite nous permet de le localiser et de le suivre à la trace. Jusqu'à présent, les talibans ne l'ont pas retrouvé, mais mènent une battue pour lui mettre la main dessus.

L'opération Liberty était une mission destinée à décimer l'un des noyaux terroristes dans la vallée de Korengal, supervisé par un taliban chevronné, que la section de Hudson avait ironiquement surnommé Sleepy Hollow pour sa manière folle de cavaler sur ses chevaux et sa propension à recouvrir systématiquement son visage d'une cagoule, rendant son identification difficile. Sans compter son goût pour les mises en scène macabres, notamment les décapitations des soldats étrangers.

— Rowe, vous allez partir le premier en mission de sauvetage avec quatre de vos hommes et l'infirmière Nguyen. Nous allons avoir besoin de ses compétences médicales pour tenter d'améliorer l'état de santé du lieutenant Rhett en attendant de le transférer jusqu'ici. Il paraît que c'est critique.

— Le sergent Nguyen n'est pas de la FORECON, major. Elle n'est pas habituée à nos missions.

— C'est un excellent élément qui saura s'adapter à vos ordres, ainsi que le meilleur atout médical que nous ayons sous la main. Vous allez la prendre sous vos ordres.

— Bien, mon commandant.

Hudson n'avait jamais remis en question les capacités de Kitty. Il l'a savait disciplinée, douée et apte à survivre à tous les dangers, mais un pressentiment étrange enflait en lui.

— Je sais que ça vous embête de la prendre avec vous, Rowe, mais les ordres sont les ordres. Ne laissez pas votre sensibilité vous gagner parce qu'il s'agit d'une femme. Elle n'en demeure pas moins une marine.

— Je n'ai aucune objection à prendre une femme avec moi dans mon équipe.

C'était seulement cette foutue intuition qui lui soufflait de mauvaises pensées.

— Bien. Dalglish, vous devez vous tenir prêt avec cinq de vos hommes, au cas où la première session rencontrerait des merdes.

— Oui, mon commandant.

— Nous allons téléporter vos deux équipes aux abords de Pech River. Surtout, Dalglish, vous ne bougez pas de votre emplacement tant que Rowe ne vous aura pas contactés.

En l'espace d'un quart d'heure, le major Reeves continua d'exposer le plan d'exécution aux deux capitaines, puis les libéra afin de leur permettre de se préparer.

Une fois hors du bureau, Hudson convoqua Kitty et quatre de ses hommes, des sergents et des lieutenants qu'il avait lui-même formés et envers lesquels il vouait une confiance aveugle. Ses hommes étaient des braves et des machines de guerre. Ils étaient comme une extension de sa propre personne, si bien qu'ils réfléchissaient ensemble d'un même cerveau et combattaient d'une même fougue.

Quant à Kitty, elle avait su donner en quatre ans de service des preuves de sa hardiesse et de ses compétences martiales. Même si sa participation à la mission en étonna plus d'un, notamment Jamie qui devint blafard et sua à grosses gouttes. Savoir qu'elle allait partir dans la vallée du Korengal le mortifiait.

Kitty tenta de le rassurer et Hudson se jura intimement de veiller sur elle comme à la prunelle de ses yeux.

Il devait chasser son mauvais pressentiment d'un uppercut mental.

Il n'y avait aucune raison pour que leur intervention tourne au vinaigre, surtout que Keir était présent avec ses hommes dans le cas où il aurait à corroborer ses forces.

Bientôt, ils rentreraient tous sains et saufs avec le lieutenant Rhett. Ensuite, Hudson pourrait enfin appeler Livia et lui dire combien il l'aimait.

Chapitre 15

Cinq heures s'écoulèrent sans que Livia ne pût trouver le sommeil. Depuis que Scarlett lui avait transmis le message de Hudson, la jeune femme attendait dans le salon l'appel promis.

Étendue sur le sofa de tout son long, le combiné du téléphone fixe sur le ventre et Brünhild roulée en boule à ses pieds, elle regardait le plafond en se perdant dans des élucubrations. Le retard de plus en plus croissant de cet appel instillait dans son corps une angoisse qui lui était peu commune. Hudson était du genre ponctuel et lorsqu'il programmait un appel à minuit, il respectait ses engagements à la lettre. Seul un imprévu grave pouvait le détourner de sa parole.

Un mauvais pressentiment sciait le ventre de Livia en la mettant sur le qui-vive. Pour se détendre, elle porta sa main au médaillon qui ornait son cou, puis le tripota entre ses doigts. Ses yeux suivirent le tournoiement des deux faces antiques estampillées sur le sesterce, totalement hypnotisés. Comment, naguère, les femmes faisaient-elles lorsque leurs époux partaient à la guerre pour des années entières, voire pour toujours ? Comment ces héroïnes de l'ombre parvenaient-elles à cuver leur douleur, à supporter l'absence ?

— Ma chérie, tu devrais aller te coucher.

Scarlett fit son apparition dans le salon, le visage encore marqué par la trace de l'oreiller. Elle s'était réveillée pour prendre un verre de lait dans la cuisine et avait ainsi découvert sa cousine sur le canapé, en proie à une inquiétude si vaste qu'elle lui ôtait toute fatigue.

— J'attends son appel.

— S'il ne l'a pas encore fait, c'est parce qu'il a été retenu par un imprévu.

— Justement, peut-être que cet imprévu l'a tué.

— Ne sois pas dans les extrêmes.

— Alors grièvement blessé.

— Arrête de broyer du noir. Je suis certaine qu'il n'a rien. Il rappellera plus tard, je te l'assure. Il m'a déjà fait le coup.

— Tu ne dis pas ça pour me réconforter ?

— Si, un peu. Mais je ne mens pas quand je te dis qu'il m'a déjà fait le coup. Maintenant, si tu veux me faire plaisir, va te coucher. Hudson n'aimerait pas savoir que tu t'inquiètes comme ça pour lui.

La vallée du Korengal pouvait se prêter à une retraite spirituelle avec ses montagnes rocheuses qui s'extrayaient de la terre sur toute l'étendue de la vallée, ses sapins, ses cours d'eau en tresses, sa végétation luxuriante et ses habitations construites à flanc de colline, entourées de champs agricoles. En réalité, ce paysage verdoyant, à moitié éclairé par l'aube naissante, ressemblait à ce fameux Tartare où les âmes damnées pourrissaient pour l'éternité selon la mythologie gréco-romaine.

Les Américains la surnommaient la vallée de la Mort.

Caché avec ses hommes dans les fourrés, Hudson observait à travers ses jumelles les quelques habitants afghans qui circulaient en dessous d'eux, sillonnant avec prudence les chemins escarpés pour regagner leurs demeures. En apparence, rien de suspect n'était à signaler. Mais il ne fallait pas se fier à cette quiétude factice, Hudson ne le savait que trop bien. Pour avoir déjà eu l'honneur de visiter les lieux en VIP au cours de la dernière mission, il savait que le silence local préfigurait le désastre. Quant aux montagnes, elles étaient le meilleur rempart des ennemis les plus acharnés.

La vallée du Korengal était un guêpier pour les étrangers qui s'y aventuraient, aussi armés et performants soient-ils.

— Jay, Oscar, qu'est-ce que vous voyez ? demanda Hudson dans le micro de son laryngophone, le visage peinturluré de maquillage camouflage comme le reste de son équipe.

Oscar, l'un des lieutenants postés à plusieurs dizaines de mètres, une paire de jumelles devant les yeux, lui répliqua :

— Rien, chef. Pas d'ennemis en vue.

— Sniper ?

— Pas d'écureuils dans les arbres. Il y a seulement Hood en vigie dans le sapin.

— Bien. Le GPS nous informe que le lieutenant Rhett est à quatre kilomètres d'ici. On reprend la route.

Hudson se redressa discrètement entre la broussaille et ouvrit le chemin aux quatre marines qui l'escortaient. Kitty ne le quittait pas d'une semelle, car si elle avait le don de la dissimulation et l'habileté en elle, ce n'était d'ordinaire pas dans ses cordes de partir avec les FORECON en mission de sauvetage. Sa présence était seulement nécessaire pour soigner le lieutenant Rhett. On lui devait la survie d'une vingtaine de marines initialement condamnés et le major Reeves pensait que sa présence serait bénéfique.

Les six soldats poursuivirent leur promenade nocturne en se faisant aussi discrets que des ombres, rencontrant sur leur chemin une terre parfois vaseuse à certains endroits, certainement à cause de la pluie qui s'était abattue sur la vallée quelques heures plus tôt. Désormais, la pénombre à moitié absorbée par la lumière matinale s'alourdissait d'une nappe de brume sinistre.

Chaque bruit était l'objet d'une attention particulière, qu'il s'agisse du bruissement d'un buisson, du battement d'aile d'un oiseau ou bien d'un autre bruitage naturel qui n'avait, en apparence, rien de subversif.

— Les gars, je crois que j'ai trouvé une piste, annonça Hudson en découvrant des gouttes de sang frais sur des cailloux parsemant le sol. Le GPS et le sang indiquent un chemin rectiligne. J'espère que l'ennemi n'est pas passé par-là avant nous, car ça signifierait la mort de Rhett.

— C'est peut-être le sang de quelqu'un d'autre ou d'un animal, observa Kitty.

— J'en sais rien. On doit vérifier.

Bientôt, leurs pas les conduisirent vers une grande butte d'environ six mètres de haut, irrégulière et clair-semée de sapins et de pierres, au sommet de laquelle apparaissait une maisonnette. Le point vibrant du GPS s'élargissait à l'emplacement de cet endroit.

— Il est à l'intérieur, chef ? demanda Kitty.

— Le lieutenant Rhett ? Je sais pas. Mais en ce qui concerne son téléphone satellite, oui.

En retrait et perché sur un arbre, l'un des marines utilisa ses jumelles thermiques pour passer à la lumière infrarouge l'intérieur de la chaumière.

— Qu'est-ce que tu vois, Hood ? le questionna Hudson depuis son laryngophone.

— Pas de chaleur corporelle ni de mouvement à l'intérieur de la maison. Je ne vois qu'un corps étendu au sol. Je crois que c'est Rhett. Il a dû se terrer dans cette maison abandonnée en attendant notre arrivée.

— O.K. Jay, Oscar, Hood, vous montez la garde en snipers autour de la maison. Je vais voir si ce n'est pas un traquenard. Kitty, tu montes avec moi au cas où il faudrait agir sur-le-champ pour le lieutenant Rhett. Angelo, tu couvres nos arrières, ordonna Hudson à tous ses hommes, avant de s'engager le premier vers l'allée des sapins, armé de son Colt M4 et de son agilité de corps et d'esprit.

Kitty gravit la colline à sa suite, faisant dévaler sous ses pas des petits cailloux vers le sol creux, tout en braquant sur l'invisible son fusil d'assaut, pendant que les quatre autres hommes s'occupaient de les couvrir.

Une fois qu'ils atteignirent l'entrée de la maisonnette à la cime de la colline, Hudson et Kitty s'assurèrent encore de la sécurité de l'endroit en l'inspectant depuis l'extérieur, de long en large, ne voyant que des meubles et une silhouette étendue à même le sol d'un salon par le biais des fenêtres.

Les jumelles infrarouges ne s'étaient pas trompées.

— Attends mon signal, Kitty.

Hudson força aisément la porte d'entrée et pénétra dans la maison en la passant au scanner de ses yeux, son fusil en joue et sa réactivité allumée au maximum. On n'était jamais trop prudent. Tout en suivant les traces de sang au sol, Hudson s'achemina vers la salle de séjour, là où le corps d'un soldat américain reposait, inerte. Son visage maculé de sang rendait ses traits méconnaissables et son corps immobile ne l'informait pas sur son état de vie. À vue d'œil, Hudson sut qu'il y avait peu de chance pour qu'il respire encore.

Une boule se contracta dans sa gorge pendant qu'il abaissait son fusil d'assaut et s'élançait vers le corps pour s'agenouiller à ses côtés et palper son pouls. Inexistant. Ils étaient arrivés trop tard. Le pauvre lieutenant Rhett s'était vidé de son sang jusqu'à la dernière goutte alors qu'il attendait leur intervention.

— Merde ! pesta-t-il entre ses dents serrées. Kitty !

— Chef ?

— Il est mort.

Pris de pitié et de colère, Hudson rapprocha l'une de ses mains du visage boursouflé de plaies et noirci par le sang séché, traça une croix sur son front en l'accompagnant d'une prière muette, puis la glissa au niveau de son cou afin d'y récupérer ses plaques militaires. Mais brusquement, quelque chose tressaillit en lui. Ses sens perçurent un tintement de décompte sinistre et en soulevant le gilet militaire du cadavre, il fit une découverte qui lui glaça le sang.

Une bombe.

Il y avait une bombe sur le corps du lieutenant Rhett. Et il ne restait que treize secondes.

— BOMBE ! hurla Hudson en bondissant sur ses pieds, pendant que Kitty prenait les jambes à son cou et prévenait dans son laryngophone les quatre autres marines.

Les secondes tombèrent comme des gouttes d'acier dans le cerveau de Hudson, où les bruits du décompte se mêlaient à ses battements cardiaques. Il déserta cette chaumière piégée aussi vite que ses jambes le lui permettaient et, ne trouvant plus le temps de réfléchir, attrapa Kitty et Angelo par les manches de leurs uniformes pour les entraîner dans son élan quand il fallut sauter du sommet de la butte, haute de six mètres.

Leurs corps ne s'étaient pas encore réceptionnés au sol que l'explosion déflagra dans leurs dos avec un bruit monstrueux, en même temps qu'ils touchaient la terre graveleuse et fangeuse qui apparaissait au pied de la colline. Dans l'action, Angelo reçut un débris de bois sur le crâne, qui le laissa inconscient pendant que son corps dévalait à toute allure la pente rocailleuse, jusqu'à s'arrêter contre le tronc d'un sapin. Kitty put protéger son visage dans la chute, mais se heurta elle-même à un tronc d'arbre renversé au sol, alors que Hudson roulait tel un tonneau de bière sur les cailloux et les branches perdues en esquintant les parties exposées de sa peau. Ses mains et son visage ruisselaient de sang quand il s'arrêta violemment contre un monticule de pierres, son sac à dos atténuant par chance le choc.

— Putain, chef, c'était quoi ? hurla la voix d'Oscar dans le laryngophone de Hudson.

— Piège. Rhett était déjà mort quand on est arrivés.

— On vous rejoint avec Jay et Hood.

Initialement assignés aux postes de snipers, les trois autres marines avaient été épargnés par le risque de l'explosion. Dans le micro du laryngophone, Hudson entendit les murmures que ses trois autres hommes s'échangeaient, puis les jurons qui fusèrent à l'entente de coups de feu. Très vite, une pluie de munitions sembla tomber de nulle part.

— Chef ! Embuscade, cria la voix de Hood dans le laryngophone.

La chute vertigineuse avait ramolli les membres de Hudson, mais l'adrénaline ralluma à temps sa diligence et lui fit ignorer les petites brûlures qu'il ressentait un peu partout. Les plaies étaient superficielles. Lors, vif comme la foudre, il glissa de l'autre côté du monticule de pierres, un parapet improvisé pouvant le protéger quelques minutes, le temps de trouver un refuge plus sécurisé, puis saisit son fusil d'assaut, le mit en joue et tira vers la source de menace invisible qui l'agressait.

— Kitty, Angelo, dissimulation et repli, ordonna-t-il dans son laryngophone en les cherchant discrètement du regard depuis son emplacement, balayant ainsi les hauteurs de la colline où les débris de la maison piégée, encore en flammes pour certains d'entre eux, côtoyaient désormais les sapins. Vous devez me rejoindre. Maintenant.

— Chef, entendit-il Kitty gémir au bout de plusieurs secondes, la respiration hachée. J'ai une vue sur Angelo depuis mon emplacement. Je crois qu'il est mort. Ah !

Il y eut d'autres coups de feu. Des mitraillettes aussi performantes que les leurs et des munitions qui provenaient du haut. Ils étaient faits comme des rats dans cette pente exposée, qui ne tarderait pas à prendre feu à la manière dont les flammes léchaient les buissons et les troncs d'arbres.

— Kitty !

— Ils viennent de tirer sur Angelo. Il est mort ! Il était trop exposé. Moi, je suis cachée derrière un gros tronc renversé au sol. Les flammes commencent à se rapprocher de moi ! J'aime pas le feu…

— Respire, Kitty. Tu n'es pas seule. Je suis situé à environ quinze mètres en profondeur du sommet de la butte. Derrière un monticule de pierres. Je vais te montrer un bout de tissu blanc en partant de la droite. Tu me vois à travers tes jumelles ?

— Oui, chef, haleta-t-elle au bout d'un moment.

— Les flammes sont tes amies, elles te cachent. Cours vite, j'assure tes arrières.

Pendant qu'il continuait à mitrailler vers l'invisible, Hudson essaya d'entrer une fois encore en contact avec ses trois autres hommes et apprit, la colère dans le sang, qu'Oscar était mort. Apparut alors une petite bande d'ennemis qu'il neutralisa aussitôt à l'aide d'une grenade, permettant ainsi à Kitty de le rejoindre sans menace, le temps d'une poignée de secondes. Quand elle fut à ses côtés, il s'éjecta de sa cachette, l'attrapa au bras et profita de la confusion créée par ce début d'incendie pour se soustraire à leurs opposants.

En courant, il saisit son portable satellite et contacta le contingent basé près de Pech River, supervisée par Keir.

— Lincoln à Washington. Lincoln à Washington, vous m'entendez ? Ici, Rowe. Mes hommes et moi sommes tombés dans un guet-apens à une vingtaine de kilomètres de votre emplacement. Rhett était déjà mort. J'ai perdu Angelo et Oscar. On est cernés. Je vais guider mes hommes vers le sud, là où vous vous trouvez. Besoin de renfort.

— Washington à Lincoln. Bien reçu, lui répondit la voix de Keir. On vient à vous.

Chapitre 16

Plusieurs heures plus tard

Le réveil de Livia se fit abrupt quand la sonnerie du téléphone fixe vibra à proximité de ses oreilles. Sans attendre, elle saisit le combiné et décrocha en haletant, la gorge compressée de larmes :

— Hudson ?

— Non, Livia, c'est maman. Je t'appelle pour prendre de tes nouvelles. Tu ne réponds pas sur ton portable.

La jeune femme soupira de désespoir. Cela faisait vingt-deux heures qu'elle attendait le coup de fil du capitaine Rowe, alternant l'attente avec des siestes et un grignotage compulsif.

— Ma chérie ? Tu n'as pas l'air bien.

Incoercible, un sanglot lui échappa pendant que de grosses larmes roulaient sur les vallées de son visage. Elle renifla plusieurs fois avant de murmurer, entre deux plaintes :

— Non, je ne vais pas bien du tout.

— Qu'est-ce qu'il y a ? paniqua Irene à l'autre bout du fil.

— Maman… l'homme que j'aime est à la guerre et je ne sais pas si je vais le revoir un jour.

— Seigneur… ne me dis pas que tu parles de ton voisin ?

— Si.

— Ton père avait vu juste alors.

— Ne soyez pas fâchés, mais c'est plus fort que moi. J'aime cet homme et je ne veux pas le quitter.

— En toute sincérité, Livia, si cela ne tenait qu'à moi, je ne te dirais rien, car j'ai apprécié cet homme pour le peu que je l'ai vu. Mais ton père sera furieux. Je ne peux pas lui parler de ta révélation.

— Non, ne lui dis rien.

— Mon cœur, je suis tellement désolée de te savoir triste et seule là-bas. J'aimerais être avec toi, mais j'ai beaucoup de travail ces derniers temps.

— Je sais, maman. Scarlett est avec moi et sa présence me réconforte.

— Est-ce qu'il t'a déjà téléphoné ?

— Justement, il était censé le faire hier, à minuit. Mais jusqu'à présent, pas de nouvelles.

— Vous n'êtes même pas mariés et voilà dans quel état tu te mets déjà. Être la compagne d'un militaire n'a rien de drôle, ma chérie.

— J'en ai conscience.

— Si jamais il revenait et demandait ta main, accepterais-tu ?

— Sans hésitation.

— Ce serait un mauvais choix.

— Ce serait le mien.

— Je vais prier pour que tu changes d'avis.

Livia s'arrêta de sangloter en essuyant du revers de sa main les traces humides sur ses joues.

— Tu me soutiendrais, maman ?

— Je ne le connais pas beaucoup et je pense qu'il ne pourrait pas t'offrir autant qu'un homme choisi par nos soins, à Londres. Bien sûr, nous nous arrangerons pour que tu aimes cet homme.

— Maman...

— Nous n'en sommes pas encore là. Pour le moment, je considère que tu n'as aucun engagement ailleurs et j'espère qu'il n'y en aura pas. Maintenant, cesse de pleurer et concentre-toi sur ton travail. Tu verras, les choses rentreront dans l'ordre une fois que tu seras de retour à Londres.

Cela faisait plus de vingt-deux heures qu'ils étaient prisonniers de la vallée de la Mort. Vingt-deux heures de cauchemar éveillé, perdus dans ce vaste paysage hostile, accablés à cause des pertes des camarades et poursuivis par une horde de talibans.

Le piège s'était cruellement refermé autour d'eux. Ils étaient pris comme des proies dans l'immense toile de l'araignée. Un danger qu'ils avaient sous-estimé.

Hudson et Keir, suivis par Kitty, Jamie, Hood et Jay, dévalèrent à vitesse grand V les champs agricoles qui se déployaient désormais à eux, boueux, prospères, à la fois un atout pour se soustraire à l'ennemi et un traquenard où l'on pouvait foncer aveuglément. Ces champs bordaient les berges de Pech River, la rivière où les attendait un UH-60 Black Hawk, prêt à l'emploi pour les rapatrier à la base de Delaram. Le lieu de rendez-vous n'était qu'à deux kilomètres de leur emplacement, mais dans la situation critique où ils se trouvaient, deux kilomètres s'apparentaient au bout du monde.

— Accroche-toi, Dalglish, on y est presque.

Blessé au ventre et à la cuisse gauche par trois balles en pleine bataille, Keir reposait sur le dos de Hudson, qui le tractait en plus de son sac à dos, pareil à un taureau en train de charger, robuste et véloce malgré la centaine de kilos qui pesait sur son échine. Mais l'adrénaline était telle que le capitaine ne ressentait pas la lourdeur de son ami sur lui. La priorité était de le sortir sain et sauf de ce merdier. Il s'effondrerait au sol plus tard.

— Je te fais confiance, mon frère.

Derrière eux, le quatuor de marines assurait leur sécurité en menant un combat à distance avec les talibans qui les pistaient à la trace, certains à la course, d'autres en véhicule. Ces derniers longeaient les champs en mitraillant dans les hautes herbes de manière aléatoire. Fort heureusement, cette rivière de végétation les dissimulait de l'œil ennemi et leur offrait l'opportunité de frapper par surprise, notamment à l'aide de grenades.

Malgré ses blessures et sa faiblesse physique, Keir n'en demeurait pas moins actif et tirait sur toutes les cibles qui surgissaient dans son champ de vision. Quand son Colt M4 n'eut plus de munitions, il sortit d'un holster noué à la cuisse son arme de *back-up*, un Beretta M9 italien qui abattit au deuxième coup de feu le chauffeur de l'automobile qui les suivait à la lisière des champs.

Soudain, il y eut un cri de douleur parmi leur groupe et Hudson vit Hood chuter au sol, touché dans le dos. Kitty et Jamie se précipitèrent pour le redresser et l'aider à poursuivre sa course, mais d'autres coups de feu sifflèrent autour d'eux en finissant de tuer le blessé.

— Chef ! On a perdu Hood !

Hudson n'eut même pas le temps d'émettre un son qu'une grenade explosa à quelques mètres d'eux et le choc de la détonation les désarçonna d'un seul coup. Kitty, Jamie et Jay furent propulsés au sol alors que Hudson trébucha en avant sous le coup de l'hébétement et de la fatigue, Keir tombant de tout son poids sur lui. Il en eut le souffle coupé pendant un moment, le nez bouché par les plants sur lesquels il était aplati, mais retrouva de l'oxygène lorsque son frère d'armes le libéra et l'aida à se redresser en position assise. D'un geste instinctif, il porta l'une de ses mains à son cœur, par-dessus la poche de son gilet militaire où la photo de Livia était rangée avec la carte de tarot.

Nom de Dieu… il croyait de moins en moins en sa chance de la revoir un jour afin de lui avouer son amour et son désir de l'épouser.

— Rowe ! Il faut se relever tout de suite !

En homme de guerre chevronné, il reprit vivement ses esprits et se redressa en aidant Keir à l'imiter. Parallèlement, il s'assura que ses trois autres compères étaient intacts.

— On ne doit pas perdre une seconde ! ordonna-t-il à l'adresse des autres, qui se hissèrent aussitôt en répliquant par des tirs à l'aveugle vers l'arrière.

Il y eut des geignements d'agonisants, assez proches pour les informer de leur situation de plus en plus critique. L'ennemi se rapprochait dangereusement à mesure qu'ils perdaient de leur énergie.

Cette mission de sauvetage avortée avait commencé avec l'équipe de Hudson, à laquelle s'était ajoutée celle de Keir. Au total, douze marines avaient été réquisitionnés pour parcourir en commandos les sinuosités de cette vallée infernale. Dorénavant, ils n'étaient plus que cinq, dont un blessé qui menaçait de se vider de son sang sur le chemin de la libération.

Cinq contre un bataillon de cinquante.

C'était du suicide.

Quelques minutes plus tôt, Hudson avait contacté l'hélicoptère basé près de Pech River et demandé une intervention aérienne dans la région pour larguer quelques bombes dans les champs, heureusement placés à distance des habitations locales. Cela permettrait d'atténuer la supériorité des talibans. Mais en attendant l'intervention des secours, ils avaient mille fois le temps de se faire massacrer.

— Rowe !

Keir hurla en tirant plusieurs fois sur une cible que Hudson ne vit pas, mais dont il sentit la balle dans la chair de son épaule droite. Une douleur cuisante le brûla subitement au niveau de la zone meurtrie, toutefois il serra les dents et s'obligea à faire abstraction de la blessure. Tout cela était dans la tête. Si on voulait ignorer le mal, on y parvenait.

Bien vite, la souffrance se soumit à l'adrénaline et ne fit que galvaniser sa rage et son dynamisme. Il se retourna subitement et commença à marcher à reculons pendant que sa mitrailleuse crachait du feu en libérant des balles, acérées et impitoyables, qui fendillèrent les champs dans un souffle d'acier et un parfum de cordite, avant d'atteindre leurs cibles invisibles.

De nouveau en marche, ses hommes l'imitèrent en adoptant sa posture et parvinrent à neutraliser le quart des ombres à leurs trousses.

— J'en ai marre de ces fils de putes ! hurla Dalglish en dégoupillant sa dernière grenade, qu'il lança avec une force notable malgré son anémie et l'inconscience qui le guettait.

Une énième détonation fit trembler la terre sous leurs pieds et projeta devant eux les corps des ennemis, mutilés et en feu, qui disparurent aussitôt parmi les plants dans des bruits macabres.

Cette neutralisation de la force rivale leur offrit quelques instants de répit précieux et ils en profitèrent pour se retourner et courir vers l'extrême bordure du champ.

Soudain, des bourdonnements d'hélices grondèrent au-dessus de leurs têtes et les Américains crurent en leur félicité. Un AH-64 Apache, l'hélicoptère d'attaque tant attendu par les marines, s'élança dans les airs tel un effrayant monstre préhistorique et chargea sur les plants où, depuis sa vue aérienne, il visa les ennemis invisibles aux yeux des soldats à terre.

— Sauvés…, souffla Keir en finissant par s'évanouir aux pieds de Hudson, à l'instant même où, surgissant de nulle part, un robuste taliban le heurta de plein fouet, mitraillette et poignard au poing.

Pris de court, Hudson fléchit sous le poids de son assaillant et poussa un cri de bête quand il reçut un coup de poignard dans l'omoplate, là où une balle s'était déjà logée, puis un autre coup qui le frôla au front en ne lui laissant qu'une fine estafilade. L'effet de surprise le paralysa cinq secondes. Un temps de préparation pour le démon enragé qui le remuait de l'intérieur en puisant la force nécessaire à sa défense. Dans l'empoignade, Hudson avait fait chuter sa mitraillette, par miracle, l'autre ne semblait plus avoir de munitions et son arme la plus dangereuse demeurait son poignard.

Bientôt, Hudson reprit l'avantage sur son rival en lui administrant une paire de coups de poing, suivie d'un croche-patte qui le fit choir au sol. Le marine s'abattit aussitôt sur lui, le désarma de son arme blanche et continua à le battre de soufflets au visage.

Acharné et nullement dénué de ressources, l'autre répliqua en lui assénant, de la crosse de sa mitraillette, un coup à l'œil droit.

La brutalité de la commotion fit basculer la tête de Hudson en arrière et le temps du choc, il crut perdre son œil. Sa vision sur le flanc droit se brouilla, s'assombrit et le déséquilibra une seconde, mais son instinct l'obligea à poursuivre son combat. Il ne pouvait pas faiblir maintenant. C'était une question de vie ou de mort.

Le mal corporel s'associa à la rage et décupla sa force physique, ce qui lui permit de reprendre le dessus sur l'autre et de le neutraliser définitivement. Mais la lutte musclée qu'il menait ne s'acheva pas pour autant. Dans des cris guerriers, deux autres types sautèrent sur lui à la manière du premier, également à court de munitions, mais munis d'armes blanches, qu'ils lancèrent dans sa direction. Un couteau s'enfonça dans sa cuisse gauche, alors que le second se perdit dans les plants.

Avec Keir évanoui au sol, trop affaibli par son hémorragie, Jay qui gisait mort dans une flaque de sang et Jamie, agonisant et délirant, au crâne ouvert par une pierre et un thorax percé d'une balle non fatale, Hudson et Kitty étaient les seuls à maintenir le cap pour préserver ce qu'il restait à sauver. Les vies de Keir et de Jamie, ainsi que leurs propres peaux.

Hudson et Kitty ne voyaient presque rien dans le désordre de la bataille. Certes, grâce à l'hélicoptère d'attaque, le danger s'était amoindri et les forces numériques s'étaient rééquilibrées. Désormais, ils n'étaient plus que deux contre six.

Hudson ôta le couteau de sa chair et le retourna violemment contre l'un des assaillants, en plein front, qu'il élimina séance tenante. Dans la bagarre, pendant que Kitty s'affairait à prodiguer les soins élémentaires à Jamie, il continua à tuer d'autres hommes, à mains nues, à coups de poignard et de feu. Il était comme un tigre forcené, furibond, féroce, blessé...

Sa vision se fit de plus en plus trouble à cause du sang, l'odeur de la cordite l'empêchait de respirer et l'adrénaline s'affaiblissait en réveillant les douleurs de sa chair. Il ne voulait plus tuer, mais cette vallée appelait le drame.

Quand il se crut tiré d'affaire, avec plus aucun autre ennemi à l'horizon, il perçut les bruits d'un autre hélicoptère. On était venu les chercher pour rapatrier les corps et soigner les blessés dans un délai rapide. Hudson soupira de soulagement pour la première fois en vingt-deux heures, puis se hâta de réveiller Keir par des gifles. Rien n'y faisait, il était complètement inconscient. Lors, Hudson glissa son corps sur son dos et le tracta derechef comme un sac, soufflant de douleur au contact du poids de son ami sur sa blessure à l'épaule. Il voulut ensuite aider Kitty à redresser Jamie, à moitié mort, le regard déjà vitreux, mais tenace dans sa volonté de vivre.

Hudson inspecta de son œil valide l'intégrité corporelle de la jeune femme. Grâce au Ciel, elle n'avait pas été touchée comme eux tous. Elle s'était battue telle une lionne à ses côtés et Jamie avait veillé à ce qu'elle survive, jusqu'à prendre à sa place un coup de feu dans le thorax. Miraculeusement, il survivait encore, et le mauvais pressentiment à propos de Kitty s'étiola à petit feu...

L'hélicoptère américain les attendait à trois mètres. Deux marines descendirent lestement de l'engin pour courir à leur rencontre et les décharger de leurs fardeaux. Ils transportèrent eux-mêmes Keir, Jamie et le corps désarticulé de Jay.

Hudson soupira de soulagement quand il vit ses camarades entre de bonnes mains, marchant un peu à la traîne à cause de l'engourdissement de ses muscles et de son autre blessure à la cuisse.

Avec une zone de conflit désormais neutralisée, il pouvait se permettre une seconde de répit et d'inattention.

Ce fut la seconde mortelle.

Sans flairer le danger, il ne vit pas tout de suite l'homme qui chargea vers lui en le menaçant d'une machette. La surprise et le heurt sauvage le firent dégringoler au sol dans un cri mât. À un mètre de là, Kitty se retourna et se précipita au secours du capitaine, tombant à son tour entre les griffes de l'assaillant. Traînée par terre, sa natte emprisonnée dans le poing de l'homme, elle tentait de se débattre pendant que Hudson se redressait, sortait de son holster son arme de *back-up*.

Tout se passa si vite que les autres marines, chargés par les blessés, n'eurent pas le temps de réagir aussi vite qu'ils l'auraient aimé. La balle de Hudson se ficha dans la cuisse du taliban au lieu d'attendre sa tête. Le coup reçu à l'œil droit avait déséquilibré sa perception en rendant sa vision incertaine.

Hudson tira une seconde fois, en même temps qu'un hurlement de femme, impitoyable, sinistre, le cinglait de plein fouet. Il eut le malheur de voir la lame de la machette se planter dans le torse de Kitty, d'entendre les lamentations de Jamie, avant que sa balle n'atteigne le front de l'ennemi.

— Kitty !

Fou de rage, il se redressa de terre en usant tout son chargeur sur le corps désormais inerte du taliban pendant qu'il accourait vers le corps ensanglanté de la jeune femme. Elle hoquetait de douleur en marmonnant des paroles qu'il ne comprenait pas quand il la souleva dans ses bras. La plaie au torse était très large et la tache de sang s'étendait à une vitesse si folle qu'elle finirait par se vider en l'espace de quelques minutes.

— Kitty… tiens bon, on va bientôt rentrer en zone sûre.

Hudson appuyait désespérément sur la plaie dans l'espoir de contrer l'hémorragie, mais le sang s'épanchait même entre ses doigts, chaud, épais, bouillonnant.

— Chef…

Hudson galopa vers l'aéronef, qui décolla à l'instant où ils grimpèrent à l'intérieur. Il saisit aussitôt une épaisse étole, la plaça sur la plaie rougeoyante et poisseuse. Mais déjà Kitty expirait dans ses bras avec un murmure qui le glaça.

Jamie s'époumona de douleur en manquant de s'étouffer, puis sombra dans l'inconscience sous le coup du choc et d'une piqûre de tranquillisant.

La vallée de la Mort avait triomphé.

Chapitre 17

Naval Hospital Beaufort
Le surlendemain

Coincé dans ce lit d'hôpital américain où on les avait rapatriés à la suite de leur mission désastreuse, Hudson réfléchissait aux évènements récents, harassé et tourmenté. Comme Keir et Jamie, les seuls à avoir survécu avec lui, il venait de sortir du bloc opératoire. L'anesthésie brouillait encore ses sens, sans parvenir toutefois à effacer les souvenirs. Même dans l'inconscience, il revivait le cauchemar avec une précision effrayante, qui lui donnait l'impression d'y être encore.

Hudson soupira en regardant de son œil valide le plafond. On lui avait mis une compresse en guise de cache-œil sur l'autre. D'après les médecins, il avait sérieusement manqué de le perdre et il lui faudrait désormais le protéger de la lumière le temps de sa cicatrisation. Quant à son épaule droite, elle guérirait au cours des semaines à venir tandis que sa plaie à la cuisse demeurait superficielle.

Son état nécessiterait une convalescence de plusieurs mois avant la reprise de son poste. Il avait signé un contrat auquel il ne pouvait déroger, à moins d'être mort ou sévèrement mutilé. Dans son cas, ses plaies, une fois soignées, ne l'empêcheraient en rien de retrouver sa place au sein de la U.S.M.C. Il en allait de même pour Keir, même si son intervention avait nécessité plus de temps. Toutefois, ce Highlander dans l'âme avait une ressource physique impressionnante et une capacité de résistance enviable. Il s'en sortirait plus vite que le croyait l'équipe médicale.

Enfin, Jamie n'avait pas eu la même chance. Avec une commotion cérébrale, un thorax perforé, son état de santé avait inquiété les médecins. Il s'en était néanmoins sorti à la suite d'une opération d'environ douze heures et dormait actuellement dans sa chambre, entubé et perfusé de partout.

Ajouté à sa déficience corporelle, le décès de Kitty avait provoqué un choc émotionnel qu'il serait laborieux de guérir. Ce n'était un secret pour personne qu'il l'aimait et qu'il aurait préféré mourir avec elle que de survivre. Tous partageaient sa peine, mais le destin était ce qu'il était. On n'avait aucune chance face à la fatalité.

La jeune femme allait être enterrée en même temps que Jay dans les jours à venir, au sein du cimetière militaire de Beaufort, et Hudson s'engagerait à assister à leurs funérailles pour leur rendre un dernier hommage en représentant ceux qui ne pouvaient se déplacer.

Hudson songea également aux autres hommes tombés sur le champ de bataille, désespéré par son impuissance. Une équipe spécialisée dans la récupération des corps tombés en pleine action était supposée retourner dans la vallée de la Mort, afin de les retrouver et restituer ce qu'il restait de ces valeureux soldats aux familles défuntes.

— Capitaine Rowe, est-ce que tout va bien ?

Une infirmière militaire apparut dans l'encadrement de la porte de sa chambre.

— Oui, merci.

— Vous avez besoin de quelque chose ?

— J'aimerais passer un coup de fil, s'il vous plaît.

— Vous avez le téléphone à votre droite, ainsi que les affaires personnelles qu'on a retrouvées dans votre uniforme.

Son champ de vision droit étant obstrué par la compresse, il n'avait pas remarqué la présence du combiné téléphonique, ni la carte de tarot et la photo de Livia sur sa table de chevet.

Hudson sentit son cœur se gonfler de tendresse. Il avait besoin de réconfort et de la douceur de la jeune femme. Certes, il ne pouvait pas la voir maintenant, dans cet état de faiblesse extrême, malgré les quelques kilomètres qui les distançaient l'un de l'autre. Il était hors de question qu'il lui communique l'endroit où il se trouvait, car elle risquerait de vouloir venir. Mais cela n'empêchait pas un appel. Uniquement pour entendre sa voix et s'en bercer jusqu'à une rémission convenable.

La main un peu tremblante, il saisit le combiné et composa le numéro fixe de Scarlett. Il était 20 h 13, Livia était peut-être déjà rentrée.

Les tonalités firent écho aux tambourinements dans sa poitrine, intenses et rapides. Il s'en passa cinq avant qu'une voix féminine n'emplisse sa tête.

— Hudson ?

Livia.

Elle semblait retenir son souffle à l'autre bout du fil. Lui sentit son cœur battre dans sa gorge. Il eut du mal à déglutir, trop troublé de l'entendre, et lorsque sa voix explosa dans le téléphone, elle se fit pâteuse, écorchée, comme s'il était resté muet durant des années.

— Mon ange.

— Dieu soit loué… Hudson… j'ai cru que tu n'appellerais plus jamais.

Au grelottement qui accompagnait ses mots, il sut qu'elle était en train de pleurer.

J'ai bien failli ne jamais revenir.

Mais il garda cette phrase pour lui. Inutile de la paniquer.

— J'ai eu un empêchement de dernière minute. Tout va bien maintenant.

— Dis-moi que tu es en sécurité.

— Je le suis.

— Dis-moi que tu me reviendras bientôt.

— Je reviendrai bientôt.

Il perçut un soupir.

— Tu as l'air si fatigué…

— Je rentrerai en forme, ne t'inquiète pas.

— Je ne fais que ça. Depuis que tu m'as quittée, je vis avec l'angoisse d'apprendre un jour ta mort. Je tiens tellement à toi.

— C'est réciproque. Tu ne sais pas à quel point.

— Capitaine Rowe, j'aimerais avoir un entretien avec vous, intercéda une tierce personne depuis l'entrée de sa chambre.

Il s'agissait d'un chirurgien militaire, celui qui l'avait précédemment opéré. À l'autre bout du téléphone et silencieuse, Livia sembla entendre le nouvel intervenant.

— Tout va bien, Hudson ?

Celui-ci adressa au médecin un dodelinement affirmatif de la tête, pendant qu'il répondait à Livia :

— Je dois te laisser. Ne te fais pas de soucis si je n'appelle pas dans la semaine, je risque d'être occupé. Mais je t'assure qu'on se recontactera bientôt.

— Je t'aime.

— Je t'aime aussi, mon ange.

L'appel avait été plutôt bref, mais suffisant pour le revigorer et le fortifier dans ses idées. Cette femme, il l'épouserait une fois qu'il sortirait de ce lit.

— J'ignorais que vous aviez une petite amie, observa le chirurgien en allant s'établir sur le tabouret disposé près du patient, un sourire paresseux sur les lèvres.

— C'est récent, je n'ai pas eu le temps de la référencer dans mon dossier.

— Vous ne voulez pas la faire venir ? Ça vous apaisera un peu le temps de retourner chez vous.

— Je ne suis pas de toute beauté, Doc. Je n'ai pas envie de l'effrayer.

— C'est vrai que c'est la première fois que je vous vois avec une gueule aussi terrible, Rowe.

— Vous pouvez être tellement rassurant quand vous le voulez, Doc.

— Vous allez pouvoir sortir la semaine prochaine. Il vous faudra seulement revenir tous les deux jours pour le changement de vos pansements et des entretiens réguliers avec notre équipe. Vous pourrez reprendre le travail à partir de juillet. Six mois de repos continu, Rowe. Vous l'avez mérité après l'enchaînement de vos missions. C'était la troisième fois consécutive que vous partiez pour plus d'un an.

— Qu'en est-il du capitaine Dalglish et du sergent Blythe ?

— Le capitaine Dalglish va retrouver une santé de fer plutôt vite. Nous pensons le garder deux ou trois semaines. Quant au sergent Blythe, son cas est encore incertain.

Chapitre 18

University of South Carolina, Beaufort
4 janvier 2008
Attablée derrière le pupitre qui meublait l'estrade de la salle où elle se trouvait en présence de ses étudiants, Livia débitait son cours avec une morosité qui lui était inhabituelle. Elle ne parvenait plus à faire semblant d'être concentrée alors que toute son attention se tournait vers Hudson. Depuis son dernier appel, elle avait été soulagée de l'entendre, mais inquiète de le sentir si las et sombre. Même à travers la distance, il ne pouvait lui dissimuler son mal-être.

Aidée par le PowerPoint qui apparaissait sur l'écran fixé derrière elle, la professeure faisait défiler des images et des bouts de textes relatifs à l'*Odyssée*, l'œuvre qu'elle explorait actuellement pour expliquer la fonction de la figure féminine dans les aventures d'Ulysse.

— S'il vous plaît, mademoiselle Cartmell, pouvez-vous nous rappeler les différents types de femmes que l'on retrouve dans l'œuvre ? demanda un jeune homme à lunettes, au premier rang.

— L'*Odyssée* présente deux catégories de femmes : d'une part, celles qui l'attendent, comme Nausicaa et Pénélope, d'autre part, celles qui le retiennent, comme Calypso et Circé. La première catégorie représente l'amour patient, la constance, mais incarne surtout le côté humain et social du héros. Nausicaa et Pénélope sont des femmes que l'on épouse pour perpétuer son sang et s'assurer une situation sociale. Elles sont humaines et essentielles pour son rôle d'homme, de roi, d'époux et de père. La seconde catégorie, quant à elle, représente les femmes divines, les fantasmes de l'homme et les désirs qui le détournent de sa mission en tant qu'être humain. Vous devez retenir le rôle essentiel des personnages féminins dans l'épopée d'Ulysse. Les femmes lui permettent de révéler sa nature équivoque, située entre l'homme et l'animal, puis l'aident à atteindre son humanité grâce aux obstacles qu'elles constituent. La femme dans l'*Odyssée* est, à l'exemple de Pandore, la figure qui dissimule et révèle tous les maux de l'univers en aidant le héros à se trouver lui-même.

— Donc, sans les femmes, Ulysse ne serait pas ce qu'il est ?

— Ulysse ne serait pas *révélé*. Elles sont comme un reflet de son âme. Pénélope est, en particulier, son double féminin. Oh… je vois que la fin du cours a sonné. J'aimerais que vous me lisiez la fin de l'œuvre pour lundi et que vous traduisiez du grec ancien les dix lignes du chant que vous préférez. Passez un bon week-end.

Ses étudiants la saluèrent en retour et sortirent les uns après les autres dans une cacophonie joyeuse. Livia profita de sa solitude pour prendre une pause, méritée après six heures d'intervention consécutives, assise à la même place, à répéter son cours à trois classes différentes. Elle commença par se masser la nuque, l'esprit engourdi de la guerre de Troie, d'Ulysse, de Pénélope et de Hudson.

Penser à l'être aimé l'amena à considérer une fois de plus le sesterce qu'elle arborait à son cou, pendant telle une amulette sur sa poitrine, par-dessus la chemise en mousseline rouge bordeaux qui la recouvrait.

Elle la caressait rêveusement quand elle entendit la porte de la salle couiner. C'était certainement un étudiant qui revenait afin de récupérer un objet oublié, rien de bien intéressant pour la sortir de la contemplation du sesterce.

— Mademoiselle Cartmell, pensez-vous que Pénélope aurait pu épouser un autre homme qu'Ulysse ?

Subitement, le cœur de Livia fit un triple salto avant.

Son esprit gorgé de Hudson aurait pu créer des hallucinations, mais dans le cas présent, la voix de cuivre, un peu rauque, était trop réelle pour paraître inventée. Vivement, elle releva la tête et perdit son regard vers la haute silhouette qui se présentait à l'entrée de la pièce, à moitié dissimulée dans la semi-pénombre, nécessaire pour lire le PowerPoint toujours exposé sur l'écran mural.

Hudson.

Au-delà de cette faible luminosité, la jeune femme put découvrir combien il était distingué dans l'uniforme de parade bleu et noir des marines. Un couvre-chef blanc surmontait son crâne et dissimulait la moitié de ses traits sous la visière, mais même dans l'obscurité la plus totale, Livia l'aurait reconnu.

Mille milliers de piqûres se répandirent sous sa peau en lui hérissant les poils et en finissant de la paralyser. Le choc l'engluait sur son siège, l'empêchait de contourner le bureau pour lui sauter dessus. Mais étrangement, dotée d'un sang-froid qu'elle ne soupçonnait pas, elle réussit à brider la déferlante d'émotions qui l'engloutissait sans pitié et entra dans son jeu. En demeurant aussi profes-sionnelle et calme qu'une enseignante face à son étudiant.

— Non, Pénélope aurait continué à l'attendre jusqu'à la fin de sa vie. Elle est l'allégorie de la constance, la fidélité dans ce qu'elle a de plus intégral et l'amour sincère. Elle l'a attendu vingt ans après son départ pour la guerre de Troie.

— Elle l'aurait attendu encore ?

— Malgré la menace des prétendants, je pense que oui. Elle aurait préféré la mort plutôt que de rompre ses vœux avec l'homme de sa vie.

Il y eut un bruit de pas. Hudson se rapprochait lentement dans sa direction, en silence, admiré par une Livia haletante, qui œuvrait à dompter le pouls tumultueux de son cœur. Bientôt, il se matérialisa devant elle, de l'autre côté du pupitre, et ôta son couvre-chef en révélant à ses yeux écarquillés une épaisse compresse blanche qui recouvrait son œil droit. La jeune femme porta instinctivement une main à sa bouche, dans l'espoir d'étouffer le cri d'effroi qui la comprima à la gorge quand elle découvrit, grâce à la lueur du PowerPoint, ce pansement et toutes les écorchures sur sa figure. Des plaies séchées apparaissaient sur son front et ses joues, alors qu'une entaille fraîchement cicatrisée fendait désormais sa lèvre supérieure.

— Hudson...

— J'ai tellement pensé à toi, Livia..., dit-il en posant son couvre-chef sur le pupitre, avant de contourner le meuble en montant sur l'estrade pour s'agenouiller à côté d'elle.

En sortant de sa torpeur, la jeune femme ne lui laissa même pas le temps de la toucher qu'elle quittait déjà son siège pour tomber à genoux devant lui et l'étreindre dans ses bras, avec la fièvre de l'amante qui désire se fondre dans ce corps malmené par la guerre. Soudain, la voix, le parfum et la chaleur de Hudson saturèrent son atmosphère, et il se passa une poignée de secondes avant qu'elle ne ressente réellement la fermeté de ses bras autour de son torse, la puissance de ses mains sur son dos et la douceur de sa bouche dans son cou, là où pulsait frénétiquement sa jugulaire.

Livia ferma aussitôt les paupières, si ébahie qu'elle pensait encore à la mystification d'un fantasme. Le corps qui épousait le sien était une création de son esprit désespéré, autant que la pluie de baisers qu'elle accueillait sur sa peau, autant que ce souffle intense qui représentait la vie. Elle croyait sentir Hudson, mais il allait disparaître d'un moment à un autre...

— Dis-moi que tu es réel...

— Je suis là, en chair et en os, affirma-t-il en l'étreignant avec plus de désespoir entre ses bras. Rien que pour toi.

Livia ouvrit la bouche pour s'exprimer, mais l'émotion sembla obstruer sa gorge. Elle continua néanmoins à le contempler et osa même porter ses mains à son faciès dans l'intention d'en retracer les traits du bout de ses doigts, ses caresses exprimant de la déférence et une douceur propre à la plume d'un cygne. Elle avait l'impression de le découvrir pour la première fois, écorché à vif, à moitié défiguré.

Elle l'en aima davantage.

Livia vacilla comme une feuille ballottée par un vent automnal et si Hudson ne s'était pas relevé en la soulevant dans ses bras, elle se serait évanouie contre lui.

Le choc de leurs retrouvailles l'avait dépossédée de ses forces.

— Je suis désolé, princesse. J'aurais dû te téléphoner avant.

Hudson s'installa sur le siège qu'elle occupait plus tôt en étendant un peu les jambes, Livia assise sur ses genoux, puis commença par la bercer de mots doux.

— J'ai cru que tu ne reviendrais jamais, sanglota-t-elle.

Elle l'enlaça au cou et rapprocha leurs deux visages, sa bouche à quelques centimètres de la sienne.

— J'ai cru que je ne t'embrasserais plus jamais.

— Je n'aurais pas pu mourir sans t'avoir revue une fois, assura-t-il en glissant ses doigts dans son chignon banane, impatient de contempler sa chevelure libérée, ses magnifiques ondulations blondes qu'il rêvait de cajoler lorsqu'il était au front. Tu m'as follement manqué. J'avais si mal d'être loin de toi.

— Depuis ton dernier appel, je ne parvenais plus à trouver le sommeil. J'avais si peur que… que tu ne rappellerais pas.

— La mission a été compliquée.

Les épingles à cheveux tombèrent une à une dans sa grande paume pendant que son visage s'assombrissait sous la faible clarté. Le cœur de Livia se serra et ses pensées se firent ténébreuses quand elle reconsidéra de près toutes les marques guerrières qui esquintaient son visage, sans parler du pansement qu'il avait à l'œil… que lui était-il arrivé? L'avait-il perdu? Des larmes d'émotions coulèrent d'elles-mêmes sur son visage de porcelaine, tandis qu'elle rêvait de crever les yeux de l'ennemi qui lui avait fait du mal.

Mon pauvre amour.

Le visage de Hudson était lointain, comme propulsé ailleurs, égaré dans son esprit inexplorable. À la manière dont il réfléchissait, dont son œil s'obscurcissait, quelque chose de tragique, de profondément douloureux s'était passé en Afghanistan. L'affliction de Hudson trouva écho en Livia et elle frémit de tous ses membres. Mais loin de prendre peur, elle tenta de le consoler, d'adoucir le ressac d'émotions qu'elle percevait sous ce torse solide en l'étreignant avec amour et tendresse.

— Que s'est-il passé ? chuchota-t-elle.

Hudson prit une profonde inspiration, puis se lança dans une brève narration de son échec :

— L'une de mes missions a foiré. J'ai perdu beaucoup d'hommes et j'ai moi-même été blessé, même si mon cas est moindre par rapport à celui d'autres militaires, dont Dalglish fait partie. Nous avons été rapatriés à la Naval Hospital Beaufort il y a sept jours. Je n'étais pas en état de te voir avant aujourd'hui. Maintenant, j'attends une rémission totale de mon état de santé, alors que Keir est toujours là-bas. Nous sommes assignés à domicile jusqu'à nouvel ordre du Doc.

Hudson n'avait donné aucun détail de sa mission, mais Livia pressentait son caractère hautement tragique et en fut bouleversée pour lui. Hudson, dans sa dignité de militaire, ne s'épanchait pas en détail sur la guerre une fois qu'il revenait chez lui. Il semblait être le genre à tout intérioriser et cela devait être un lourd fardeau que de porter en mémoire le souvenir d'atrocités et de drames. Il n'était pas homme à se plaindre ou pleurer publiquement. C'était un homme qui vivait sa douleur intimement avec un stoïcisme et une quiétude dignes d'un Marc-Aurèle ou d'un Sénèque.

— Je vais m'occuper de toi, mon amour.

Mon amour.

C'était la première fois de sa vie qu'une femme l'appelait ainsi. Même sa mère ne s'était jamais vraiment montrée affectueuse et démonstrative. Pour la première fois, on le considérait comme autre chose que Hudson ou le capitaine Rowe. Avec Livia, il n'était qu'un homme de chair, de sang et de sentiments, et tout ce qu'il aspirait en sa compagnie se résumait au bonheur.

— Es-tu prête à partager ta vie avec moi, Livia ? lui répondit-il, à brûle-pourpoint.

Elle prit son visage dans les coupes de ses mains et le regarda méticuleusement, quelque peu déroutée. Cependant, elle joua la carte de l'espièglerie lorsqu'elle lui fit remarquer :

— Cette phrase ressemble à une demande en mariage.

— C'en est une.

Il aurait pu lui dire qu'une horde d'éléphants venait d'investir l'université qu'elle n'en aurait pas été aussi estomaquée.

Elle devait rêver.

— Ne joue pas à ça avec moi, Hudson, j'y accorde beaucoup d'importance.

— Je ne joue pas avec toi, Livia. La vie est si courte et imprévisible que je ne veux pas dépenser le temps qu'il me reste sans toi. J'ai compris que je t'aimais plus que tout lorsque j'ai manqué de crever là-bas. Je regrette tellement les choses que j'ai dites avant de te quitter, avant de me rendre compte qu'il n'y avait pas de si grands obstacles entre nous. Je suis prêt à tout abandonner, même l'armée, pour te suivre, parce que le reste d'une existence sans ta présence ne vaudrait plus la peine d'être vécue.

Une nouvelle digue s'était rompue dans le cœur de Livia et des torrents de larmes roulèrent de plus belle sur ses joues en finissant de massacrer son maquillage. Elle n'avait pas anticipé une telle révélation, une telle éruption d'émotions.

— Tu ne peux pas quitter l'armée, jamais je ne te le demanderai...

— Je ne peux pas te quitter non plus. S'il faut trancher, mon choix est déjà fait. Tout dépendra de ta réponse.

Si ses parents avaient été présents, ils auraient exhorté leur fille à une longue réflexion. Sans aucun doute, son père ne cautionnerait pas du tout cette union.

Toutefois, cette histoire ne regardait nul autre que Livia et Hudson. Aussi, la jeune femme était déterminée à ne laisser personne entraver leur bonheur, même si cela était annonciateur d'une lutte musclée avec le reste de la famille Cartmell. Ses parents seraient leurs plus farouches détracteurs, mais elle était prête à guerroyer leur cynisme et leurs préjugés.

Elle voulait Hudson de toute son âme et n'épouserait que lui.

— Je veux vivre le reste de ma vie avec toi, Hudson.

Et Livia de scander ses propos d'un baiser fougueux, destiné à sceller leur nouvel engagement. Plus de trois mois d'absence dramatique soulignèrent l'intensité de leurs retrouvailles. Livia se trémoussa dans ses bras pour s'asseoir à califourchon sur lui, mais dans ses mouvements, elle s'appuya maladroitement sur l'épaule droite de son amant, ainsi que sur la blessure de sa cuisse, lui arrachant par là un faible gémissement de douleur.

— Oh mon Dieu, je t'ai fait mal !

Il caressa sa joue du revers de sa main, essuyant ainsi les traces encore humides de ses pleurs, puis répondit d'un ton rassurant :

— Ne t'inquiète pas, mon ange, ce n'est rien. J'ai des blessures à l'épaule droite et à la cuisse gauche qui me lancent encore un peu, mais rien de grave.

— Que t'est-il arrivé à l'œil ?

— Un très violent coup de crosse qui a failli me bousiller la rétine, mais j'ai miraculeusement échappé au drame. Le Doc veut que je garde une compresse pour protéger mon œil de la lumière et le laisser cicatriser progressivement.

— Mon pauvre amour, il va falloir que tu m'indiques tous les points vulnérables, chuchota-t-elle en reprenant possession de ses lèvres, avec une douceur propre à la caresse du coton.

— Les autres, je ne peux que te les montrer à la maison.

Il joignit sa parole en capturant sa main pour la plaquer sur le renflement éloquent de son bas-ventre. Livia émit un rire de cristal, un rire qui mit du baume sur son cœur.

— Rentrons tout de suite, décréta-t-elle en se redressant avec souplesse pour se repositionner sur les pieds, avant de remettre de l'ordre dans sa tenue.

Grâce à la lumière artificielle de l'écran mural, Hudson détailla les courbes de sa silhouette depuis le fauteuil et tremblota à l'idée qu'il adorerait de nouveau ce corps.

— Avant ça, j'aimerais que tu me fasses l'honneur de goûter mon *kahwah*. J'y ai ajouté une touche personnelle que tu ne connais pas.

Et comme Livia haussait un sourcil en se demandant où se trouvait le fameux *kahwah*, Scarlett pénétra à cet instant précis dans la salle de classe en allumant la lumière, ses mains portant cérémonieusement un plateau, où la théière en porcelaine de Sèvres — revenue intacte de la guerre — et trois tasses de thé étaient disposées.

Livia ne masqua pas son étonnement face à l'apparition de sa cousine, les traits tirés par une béatitude inflexible.

— Scarlett ? Que fais-tu ici ?

— Je joue les domestiques de Hudson en apportant un délicieux *kahwah* à ma cousine chérie. Il a soudoyé le cuisinier de l'université pour le préparer ici. Tu en as vraiment besoin, ça va détendre tes muscles après cette longue journée intellectuelle.

Scarlett posa le plateau sur le pupitre et saisit une tasse dans l'optique de la remplir, mais dans son mouvement, elle fit tinter un objet à l'intérieur de la porcelaine.

— Oh, une surprise ! s'exclama-t-elle, théâtrale. On dirait que c'est pour toi, Livia.

— Qu'est-ce que c'est ?

La jeune femme promena son regard sur Scarlett et Hudson, lequel fit mine de hausser les épaules, l'air innocent.

— Constate par toi-même.

Scarlett lui tendit l'objet et elle la saisit sans perdre de temps, impatiente de découvrir ce que son amant et sa proche mijotaient. Aussitôt, un éclat sortit du fond de la porcelaine.

D'une poigne tremblotante, Livia glissa ses doigts à l'intérieur de la tasse et en libéra une bague en or blanc, enjolivée d'un gros diamant à la pureté parfaite, de taille marquise et flanquée d'une paire de diamants triangulaires, qui donnait à la gemme une forme d'étoile à quatre pointes. Le bijou était imposant, sobre et simplement magnifique, un peu comme Hudson.

Livia le sentit bouger sur son siège et le vit se lever quand elle tourna son visage dans sa direction, une fois de plus émue jusqu'aux larmes.

— D'après le bijoutier, cette bague aurait appartenu à une princesse russe.

Chapitre 19

Dans la nuit

L'odeur de poussière et de sang emplissait l'atmosphère en l'asphyxiant. Des coups de feu sifflaient autour de lui, les cris de ses camarades trouvaient leur écho jusque dans ses os. Le sang pulsait dans ses veines, dans ses tempes, s'écoulait de ses narines, souillait son corps depuis l'ouverture de ses blessures. Il avait mal. Une douleur de chien le harponnait à l'épaule droite et une autre semblait scier son crâne. Il voulait hurler, vomir, tomber. Il voulait s'évanouir dans l'espace pour échapper à l'Enfer.

Tout à coup, un hurlement de femme. Des supplications, des prières criées de loin. Il frémit à l'unisson avec ceux qui avaient survécu parmi ses frères. Devant lui, l'impensable se présenta. Kitty... elle était cernée, prisonnière de ce salopard, une lame enfoncée dans son ventre. Du sang perlait sur la lame en même temps que des larmes mouillaient le visage de la jeune femme. Pâle comme la mort, elle se savait condamnée.

Non !

On l'avait capturée parce qu'elle avait rebroussé chemin pour le sauver. Elle s'était suicidée pour lui permettre de vivre.

Non, elle ne pouvait pas mourir. Pas comme ça.

Non, non, non !

— Kitty ! cria Hudson dans son sommeil agité, réveillant ainsi Livia, qui avait retrouvé sa place dans son lit.

Inquiète, la jeune femme se redressa vivement sur le matelas et s'empressa de calmer le corps fiévreux, en sueur, qui gesticulait à ses côtés en portant sur son visage le terrible masque de la culpabilité.

Au contact de Livia, Hudson ouvrit les yeux en la bousculant involontairement sur le flanc, avec une promptitude qui montrait combien ce cauchemar était encore réel dans son cerveau.

Un peu sonnée, mais très peu blessée, elle se redressa en position assise, attendant avec patience qu'il reprenne ses esprits pour oser le retoucher. Hudson ne l'apeurait pas, mais lui inspirait de l'inquiétude. C'était bien la première fois qu'elle le découvrait dans un état pareil.

— Hudson… ?

Il s'assit à son tour sur le lit, les membres tremblants, le regard dans le vague. Il prit bientôt conscience de la réalité et culpabilisa pour sa brusquerie envers sa fiancée.

— Pardon, Livia, je ne voulais pas te bousculer…

En guise de réponse, elle s'approcha lentement de lui et l'enveloppa dans ses bras afin de lui transmettre toute l'attention et le réconfort dont il avait besoin.

— Livia…, chuchota-t-il en répondant à son étreinte avec le désespoir d'un naufragé.

— Je suis là, Hudson. Tu es à la maison, avec moi, en sécurité. Rien ne peut t'atteindre ici…

Elle était son rempart, son pilier, sa source d'eau, son pain, l'air dont il avait besoin pour respirer.

Tout à coup, le capitaine aux larges épaules ressembla à un petit garçon, celui qui avait cherché durant toute sa jeunesse sa mère, le seul repère féminin, tendre et apaisant sur lequel il pensait compter pour adoucir ses épreuves. Dorénavant, c'était chez sa femme qu'il puisait la douceur de la vie.

— Ne me quitte pas.

— Jamais.

Il posa sa tête contre sa poitrine et elle balaya la tension accumulée sur sa nuque en la massant délicatement.

Livia s'interrogeait sur la nature exacte du drame qui s'était joué en mission. Qui était Kitty ? Pourquoi le spectre de cette femme hantait-il les rêves de Hudson ?

De longs instants s'écoulèrent dans un silence d'église. Ce fut seulement quand elle le sentit se détendre complètement qu'elle osa lui demander :

— Tu veux en parler ?

— Non. Pas maintenant.

— Je serai toujours là pour t'écouter.

— Je sais.

— Tu veux que je te prépare quelque chose ? Du thé ? Peut-être que ça pourrait te détendre.

— Du whisky. J'ai besoin d'un alcool fort.

Il se détacha doucement d'elle, puis sortit du lit. Livia n'hésita pas à l'imiter, puis à le suivre quand il déserta la pièce afin de descendre à l'étage inférieur. Ils arrivèrent ensemble dans la cuisine et Livia le regarda se munir d'une bouteille d'Old Pulteney, qu'il débouchonna avant de boire au goulot. Il ingurgita une grande gorgée d'alcool comme si c'était l'unique moyen d'hydrater son gosier en feu.

— Je ne t'en propose pas, princesse, ce n'est pas l'heure pour boire, lui lança-t-il après s'être essuyé la bouche du revers de la main. Il est plus de 3 heures du matin, tu devrais te recoucher.

— Je remonterai avec toi.

Hudson portait encore les traces de son cauchemar : son corps ruisselait toujours de sueur, des cernes violacées enfonçaient son œil visible et son visage avait encore cette pâleur préoccupante sous les plaies. Sans parler du bandage qu'il avait à l'épaule droite et qui lui rappelait combien il pouvait être vulnérable comme les autres hommes…

— Ne te fais pas de sang d'encre pour moi, tout va bien. Tout va bien depuis que tu es à mes côtés.

Livia voulait bien le croire, mais un pressentiment qu'elle aurait aimé ne pas éprouver lui assura du contraire.

Il y avait une ombre au tableau.

Chapitre 20

Naval Hospital Beaufort
Quatre jours plus tard

Hudson était dans un box de soins en compagnie du médecin militaire qui le prenait en charge pour ses diverses blessures. Livia et Scarlett l'attendaient dans la chambre individuelle où Keir était hospitalisé, emplâtré à la jambe gauche, le torse bandé au niveau de l'abdomen et le nez recouvert d'un large pansement. Les séquelles de leur dernière mission le clouaient encore à son lit de patient, mais il comblait son immobilisation physique par une logorrhée irréfrénable. Parler le faisait sentir vivant.

— Vous êtes de véritables fées, lança-t-il à l'encontre de Livia et Scarlett. Je rêvais de gâteau aux noix de pécans depuis une éternité ! Vous savez que la bouffe d'ici est aussi mangeable que du sable ? Tous les soirs, il y a une infirmière aussi robuste qu'un yak, qui me rapporte mon dîner et me force à l'engloutir en cas de refus. C'est de la torture... je n'ai pas mérité ça ! En plus, elle me postillonne toujours dessus quand elle me parle et son haleine empeste le plombage à deux sous... vous devriez rester tous les jours avec moi, les filles, cela m'éviterait de sombrer dans la dépression.

— Pauvre bébé, se moqua gentiment Scarlett en le détaillant d'un œil attentif. On t'a cassé le nez ?

— Une petite fracture de rien du tout. Le Doc a dit qu'il n'était pas trop amoché et qu'il retrouverait très vite son apparence initiale. J'ai vraiment l'air ridicule avec ce pansement sur le pif.

— Tu perds un peu en crédibilité, c'est vrai.

— Nous t'avons apporté des DVDs et de la musique pour te détendre un peu, intervint Livia en disposant sur sa table de chevet une épaisse pochette de disque.

— Il paraît que tu aimes les vieux films, dit Scarlett en plaçant le fameux gâteau aux noix de pécan sur la table à roulettes située à proximité du lit. J'en ai pris plusieurs de ma collection personnelle.

— C'est un honneur que tu me fais là. Tu as pris des westerns ?

— Des westerns, des thrillers, des drames et des comédies romantiques.

Pendant qu'elle s'affairait à lui préparer son goûter, avec la patience et l'efficacité d'une soignante émérite, il se prit à vouloir la serrer dans ses bras pour la garder contre lui jusqu'à la fin de son séjour hospitalier. Scarlett était charmante dans son jean moulant et son petit pull en cachemire chocolat. Elle fleurait bon le parfum de la farine, de l'amande et du caramel, mêlé à l'essence d'un shampooing à l'huile de ricin et à la sève d'érable. Elle s'était lavé les cheveux avant de le visiter et les avait laissés à l'air libre, certainement pour le rendre fou.

Savait-elle qu'il faisait une fixation sur les rousses et d'ailleurs, se souvenait-elle de leur baiser passionné à l'aéroport ?

Il voulait en avoir le cœur net, mais ce n'était pas une affaire aisée avec un témoin comme Livia dans la pièce.

— Il ne manque plus que du thé pour parfaire ce goûter.

En digne Anglaise, le thé était un sujet de la plus haute importance pour Livia. Un goûter était parfait seulement lorsqu'il était accompagné d'un Earl Grey, ainsi, désireuse d'apporter un maximum de confort au compagnon de son fiancé, l'élégante blonde annonça en prenant son sac à main :

— Je vais voir au snack-bar du hall s'il y a du thé. Quel parfum préfères-tu ?

— Celui que tu aimes.

— D'accord. Scarlett, désires-tu quelque chose ?

— Non merci.

Livia déserta aussitôt la pièce en les laissant confrontés l'un à l'autre. Le regard de Keir brûla de satisfaction, tandis que Scarlett demeurait quiète et professionnelle en sa présence, comme si elle était actuellement en service dans l'hôpital où elle officiait.

— Tu es à l'aise dans ton lit ? voulut-elle savoir quand il saisit la télécommande pour redresser le haut de son matelas.

— Mmm… ça va. Je serais plus à l'aise si tu m'aidais à placer le coussin dans mon dos, s'il te plaît.

Efficace, Scarlett se rapprocha davantage de lui, se positionna à ses côtés et se pencha légèrement afin de l'aider à disposer le coussin de manière confortable et ergonomique. Sa main glissa dans le dos de Keir et celui-ci en profita pour se rallonger doucement sur son bras, la coinçant ainsi sans lui faire mal, avant de l'agripper à la taille et de l'attirer plus près de son visage.

Scarlett émit une petite exclamation de surprise quand elle se sentit basculée vers l'avant et se retrouva bientôt à demi allongée sur lui, un genou vissé sur le bord du matelas pour se maintenir en équilibre.

— Dalglish, qu'est-ce que tu fais ? s'impatienta-t-elle en voulant se dégager de son étreinte.

Il dédaigna ses protestations et la maintint encore plus fermement à la taille.

— Je trouve nos retrouvailles plutôt froides par rapport à nos adieux.

— Quoi ?

— J'ai envie de ta bouche.

— Tu divagues !

— Ose me dire que ça ne t'a pas plu la dernière fois.

— Lâche-moi ou j'alerte une infirmière.

— Mais tu es infirmière et apte à prendre soin de moi, rétorqua-t-il en rapprochant encore plus leurs deux visages, jusqu'à frôler ses lèvres des siennes. Et je sais ce dont j'ai besoin pour guérir.

— Non, arrête...

Keir allait sceller leurs bouches d'un baiser quand Scarlett se révéla plus agile qu'il ne l'aurait pensé et le réfréna dans ses ardeurs en employant des manières radicales pour le détourner de son objectif. Avec prestesse, elle posa une main sur son visage et tira vivement le pansement qui recouvrait son nez, si sèchement que des larmes lui montèrent irrépressiblement aux yeux.

Pris au dépourvu, le militaire gémit en bondissant sur le lit et la relâcha comme si elle l'avait brûlé.

— Scarlett ! brailla-t-il en recouvrant son nez de ses mains, tourmenté par des picotements brûlants qui dévoraient son visage entier.

— Je crois que tu as besoin qu'on te change ton pansement, répliqua-t-elle en s'éloignant du lit avant de redonner une contenance à sa tenue.

— Tu n'es qu'une petite sorcière !

— Et toi, un goujat de première catégorie.

Elle appuya sur la sonnette de la télécommande posée sur la table de chevet afin d'appeler une soignante.

— Tu resteras vierge toute ta vie si c'est ta manière de te comporter avec un homme, pesta-t-il en la fusillant du regard par-dessus ses doigts.

— Quand une femme te dit non, c'est non.

— Je pensais que tu avais aimé notre baiser !

— Quand bien même, ce n'est pas une raison de me sauter dessus quand l'envie te prend ! Et à l'avenir, je te conseille de ne plus recommencer, car je sors avec quelqu'un, l'avertit-elle en croisant ses bras contre son torse, l'air supérieur.

— Je parie que ton mec sort de l'asile.

Elle allait répliquer, mais deux bruits à la porte annoncèrent l'arrivée d'une infirmière militaire — celle qui avait le don d'effrayer Keir. À la façon dont le marine la regarda, Scarlett comprit qu'il s'agissait de son pire cauchemar et il était vrai qu'elle avait de quoi effrayer avec sa stature de Viking, ses petits yeux noirs, sa bouche pincée et sa coiffure digne de Severus Rogue. Sans parler de sa voix braillarde, peu plaisante à entendre quand elle demanda :

— Que se passe-t-il, capitaine Dalglish ?

Ce dernier marmonna des insultes en gaélique écossais que la soignante ne comprit pas, alors que Scarlett en saisit la principale idée. Jadis, son père, qui fut un homme profondément attaché à ses origines irlando-écossaises, et fasciné par les traditions séculaires des Celtes, lui parlait dans la langue de leurs ancêtres. Même si elle n'avait pas l'occasion de la pratiquer au quotidien, au moins avait-elle une aisance à décrypter toutes les variétés de langues gaéliques. Entendre Keir rouspéter dans son patois la fit voyager outre-Atlantique et lui donna la sensation d'être auprès des siens.

— Qu'avez-vous dit, capitaine Dalglish ?

Devant l'incompréhension de l'infirmière, Scarlett joua les traductrices fallacieuses :

— Il aimerait que vous lui changiez le pansement de son nez, s'il vous plaît. Et il a aussi ajouté qu'il aimerait que ce soit vous qui le fassiez tout le temps, car il vous trouve plus douce que les autres.

Le regard de Keir se fit aussi menaçant qu'un lance-roquettes.

— C'est toujours un plaisir de s'occuper du capitaine. Je vais aller chercher le matériel, je reviens tout de suite.

— Bien sûr, nous vous attendons.

Une fois la soignante hors de portée, Keir s'agita sur son lit et pointa un doigt vindicatif à l'adresse de Scarlett.

— Tu ne t'en tireras pas comme ça, sorcière !

— Il ne fallait pas jouer aux plus malins avec moi, répliqua-t-elle avec hauteur.

— Je jure de me venger !

— Tu ne me fais pas peur.

— Eh bien tu devrais.

Elle haussa les épaules avec suffisance et alla s'établir à l'autre bout de la pièce, sur une chaise. Keir ne l'avait pas quittée du regard et continuait de la fusiller des yeux quand elle se risqua à l'observer de nouveau.

— Tu as de la chance que je sois coincé dans ce lit.

— Ne jamais provoquer un ennemi qui a l'ascendant sur vous. On ne vous apprend pas ça chez les marines ? Tu es en situation d'infériorité et je pourrais bien jouer les vilaines si tu continues à me tancer aussi vertement.

— J'en ai dompté des pires que toi, même à moitié mort.

Scarlett ne donna pas suite à sa provocation et accueillit avec soulagement le retour de l'infirmière.

Elle avait menti concernant le petit ami. En réalité, elle mourrait d'envie d'embrasser Keir, car le souvenir de leur baiser l'avait marquée au fer rouge, mais c'était ses manières qui la rebutaient. S'il s'était comporté en gentleman et non en rustre impertinent, elle lui aurait donné ce qu'il voulait, la joie au cœur.

— Vous êtes la petite amie du capitaine Dalglish? voulut savoir l'infirmière.

— Non, c'est mon pire cauchemar, bougonna le concerné en émettant un petit gémissement au moment où la Tunique-Blanche colla sans douceur un nouveau pansement sur son nez sensible.

— Bah, c'est pas très gentil de dire ça.

— C'est la vérité vraie. Vous savez, elle est infirmière comme vous.

— Oh, vraiment?

Scarlett vit les petits yeux noirs se poser sur elle. Elle opina d'un mouvement de la tête avec un sourire courtois.

— Est-ce que le capitaine Dalglish est un patient agréable?

— Bien sûr, même s'il braille parfois comme un bébé. Ce sont parfois les plus costauds qui sont les plus plaintifs, avoua l'infirmière en pinçant affectueusement la joue du dénommé devant le regard ébahi de Scarlett. Mais on l'aime bien quand même!

Cette dernière manqua s'étouffer avec le rire qu'elle refoula dans son gosier. La scène était si humiliante pour la virilité du marine qu'elle en était risible à en pleurer.

— Je ne suis pas étonnée de l'apprendre.

Keir grogna et se laissa retomber sur son oreiller en marmonnant un remerciement quand l'infirmière s'éloigna en direction de la porte.

— Au fait, j'ai gagné, Dalglish.

— Gagné quoi ?

— Notre pari sur Hudson et Livia. Ils vont se marier.

— On n'a pas parié.

— Tu dois tout de même reconnaître que mon sixième sens est infaillible.

— Normal, t'es une sorcière.

Quelques étages plus bas, Livia quittait le snack-bar de l'hôpital avec un thé au jasmin et un bâton de Mentos dans les mains. Elle traversa le vestibule à grandes enjambées et alla se poster devant l'ascenseur. Tout autour d'elle, circulaient des blouses blanches, des uniformes treillis et des patients. Elle regarda ce ballet d'inconnus lorsqu'une présence se fit sentir à ses côtés et attira sa curiosité. Il s'agissait d'un jeune homme en fauteuil roulant, le crâne rasé et porteur d'une impressionnante cicatrice au sommet de la tête, encore ornée d'agrafes chirurgicales, aux yeux hagards. L'inconnu était accompagné d'un infirmier pour le promener.

À sa vue, la jeune femme éprouva de la compassion et d'un besoin de lui parler. Après quelques hésitations, elle le salua et lui proposa un bonbon avec un sourire angélique. Le jeune homme releva la tête dans sa direction en la laissant découvrir d'immenses yeux bleus, très clairs, mais aussi très lointains, comme vidés de toute âme. Il la regarda longuement sans mot dire et Livia sentit un frisson lui parcourir l'échine.

— Le sergent Blythe est un peu déboussolé, expliqua l'infirmier, qui avait suivi la scène. Mais je suis certain qu'il apprécie votre geste.

— Oh, j'espère qu'il ira mieux.

— Oui.

Les portes de l'ascenseur s'ouvrirent et tous les trois montèrent à l'intérieur, aussi silencieux que des spectres. Ce jeune sergent Blythe dégageait quelque chose qui la déstabilisait profondément, sans savoir si cela l'attendrissait ou l'effrayait.

Une poignée de seconde plus tard, l'ascenseur s'arrêta en permettant aux trois passagers de descendre. Livia voulut saluer l'infirmier et le sergent Blythe, croyant prendre une autre direction qu'eux, mais ils suivirent la sienne.

Le trajet fut rythmé au son grinçant que produisaient les roues du fauteuil sur le sol, et malgré son malaise, elle ne pouvait se déplacer qu'à leur hauteur. Le corridor était long, interminable, blanc et si impersonnel qu'il en devenait angoissant. Tout en marchant, Livia décochait des coups d'œil irrépressibles au militaire blessé et jaugeait la cicatrice qui sillonnait en forme de serpent son crâne.

C'était plutôt impressionnant.

Elle tentait de subodorer son parcours de vie quand, tout à coup, un râle de bête blessée échappa au jeune homme.

Surprise et un peu angoissée, Livia suivit le regard du sergent Blythe et découvrit la silhouette de Hudson. À un mètre d'eux, il les contemplait à tour de rôle, ses yeux verts exprimant une profonde désolation à la vue de l'estropié. Sans l'ombre d'un doute, ces deux-là se connaissaient.

— Jamie..., souffla Hudson.

Livia assista à la scène avec une attention particulière et vit Hudson se rapprocher du dénommé Jamie pour le saluer et s'agenouiller face à lui, mais loin d'en être flatté, le jeune homme se crispa sur son siège et épia son aîné avec une lueur brumeuse dans les pupilles.

— Jamie, comment vas-tu ?

Ce dernier s'enferma dans son mutisme et Hudson en fut navré. Aussi, l'infirmier lui fournit quelques informations :

— Il n'a toujours pas parlé depuis votre retour de mission, capitaine Rowe.

— Le retour de mission ? Il était avec toi, Hudson ? s'immisça Livia.

— Oui.

— Je vais ramener Jamie dans sa chambre, il est épuisé par tous les exercices de réadaptation qu'on lui fait faire.

— Oui, ramenez-le. Il faut qu'il se repose, approuva Hudson avant de s'adresser une dernière fois à son ancien protégé. Je repasserai la semaine prochaine pour prendre de tes nouvelles, Jamie.

Le jeune homme ne mima aucun mouvement pour le gratifier ou lui faire comprendre qu'il l'avait entendu. Il demeura statique sur son siège, les yeux toujours absents, perdus vers l'horizon. Hudson en fut heurté, mais le choc émotionnel et physique qu'avait enduré Jamie à l'issue de leur dernière mission était la cause de ce comportement atonique.

— Tu ne m'as jamais parlé de ce garçon, remarqua Livia une fois qu'elle se retrouva seule dans le corridor avec son fiancé.

— Nous étions ensemble dans la vallée de Korengal. Kitty et lui s'étaient rapprochés au cours des derniers mois… Jamie en était fou amoureux.

— Kitty ? Celle que tu appelles dans tes cauchemars ?

— Oui.

— Que s'est-il passé ?

— Un enchaînement de circonstances malheureuses. Elle est morte sous nos yeux, sauvagement poignardée. Jamie en est devenu fou.

— Oh mon Dieu… pauvre Kitty… pauvre garçon…

— Elle n'aurait pas dû mourir comme ça.

Les inflexions dramatiques de sa voix procurèrent la chair de poule à Livia, qui le contempla avec ses grands yeux humides de pitié. Depuis leurs retrouvailles, c'était la première fois qu'il osait évoquer cet épisode tragique, encore vif dans sa mémoire et si traumatisant qu'il le privait d'un sommeil bénéfique. Depuis quatre nuits, elle l'entendait crier dans ses songes et frémir au son de bruits qui hantaient son inconscient.

Livia avait récupéré un homme blessé, à fleur de peau, émietté par les échecs et la fatigue.

— Je sais que Jamie m'en veut d'avoir échoué, de n'être pas mort à la place de Kitty.

— Tu ne dois pas porter la responsabilité de la disparition de Kitty, car tu n'y es pour rien. La guerre engendre cela, c'est au-delà de notre contrôle. Ce que le destin a décidé, tu ne peux le déjouer.

— Et Dieu seul sait combien il peut être injuste. Elle avait à peine vingt-trois ans… presque ton âge, murmura-t-il en pinçant l'arête de son nez, sujet à une migraine croissante. Désolé, mon ange, je ne suis pas vraiment divertissant ces derniers temps. C'est cet hôpital qui me rend nerveux. Chaque fois que je rencontre l'un de mes hommes dans les couloirs ou que je les vois dans leurs lits, ça me rend dingue. J'aurais aimé leur éviter tout ça.

Chapitre 21

Une semaine plus tard

— Capitaine Rowe, si je vous ai fait venir dans mon bureau, c'est pour vous parler du sergent Blythe.

Après avoir reçu les soins habituels à chacune de ses blessures, Hudson avait été convoqué par le psychiatre de l'hôpital pour un entretien privé.

— Jamie ? Comment va-t-il ? Je comptais lui rendre visite.

— Il vaudrait mieux que vous teniez vos distances avec lui, capitaine.

Irrépressiblement, un frisson parcourut l'échine de Hudson.

— Pourquoi ?

— Vous n'êtes pas sans savoir que le sergent Blythe nous est revenu totalement désorienté et traumatisé, puisque c'est vous-même qui l'avez sorti de l'horreur. Son traumatisme crânien a eu un impact direct sur son psychisme et déforme sa conception du passé. Nous savons tous comment s'est finie l'opération Liberty, avec la mort de tous ces marines et, en particulier, la mort de la femme qu'il aimait, Katharine Nguyen.

Hudson déplia la jambe qu'il avait posée sur l'autre pour les décroiser et se pencher légèrement en avant, ses avant-bras prenant désormais appui sur le plat de ses cuisses. Parler de Kitty réveillait des cauchemars en lui. Autrefois, il savait faire le tri dans son esprit à chaque fois qu'une mission capotait, même s'il en portait secrètement les stigmates. On oublie jamais la mort tragique d'un camarade ou d'un innocent. Mais cette fois-ci, l'issue de cette mission avait été particulièrement désastreuse et la perte de Kitty l'étrillait davantage, peut-être parce qu'il se sentait responsable de sa disparition. Il était le capitaine de la bande, l'homme qui aurait dû garantir sa survie.

— Vous faites encore des cauchemars ?

— Oui.

— Vous êtes toujours contre l'envie de prendre des anxiolytiques ?

— Doc, ce n'est pas des cachets qui me feront oublier cette mission. J'arrive à me débarrasser des cauchemars, je suis bien entouré. Continuez de me parler du sergent Blythe, s'il vous plaît.

— Son traumatisme est difficile à gérer, même si nous lui administrons des médicaments pour réguler son anxiété et ses idées noires.

— Quel genre d'idées noires ?

— Suicide, menaces de mort contre autrui, désir de vengeance.

— Avez-vous contacté sa famille ?

— Sa sœur nous a appris qu'il avait déjà eu des tendances suicidaires par le passé et des névroses, que nous n'avons pas détectées lors de son intégration chez les marines. Il se pourrait que le traumatisme ait réveillé une part de lui-même que nous ne connaissions pas.

Hudson hocha la tête, plein de compassion pour Jamie.

— Capitaine Rowe, commença le psychiatre en plantant son regard professionnel dans celui du militaire, il est persuadé que c'est vous qui avez tué Kitty.

— *Moi ?*

Hudson se redressa en se laissant tomber contre le dossier du fauteuil et posa ses deux bras sur les accoudoirs, comme pour s'accrocher au meuble.

— Dans son esprit, c'est vous qui tenez le couteau et c'est vous qui poignardez le sergent Nguyen.

— Mais c'est absurde...

— C'est une déformation inconsciente des souvenirs. Nous avons beau lui répéter le véritable scénario en tentant de vous réhabiliter dans son esprit, cela n'y fait rien pour le moment. Il fait une fixation sur vous et s'il vous voyait maintenant, il pourrait passer à l'acte, c'est-à-dire vous agresser. Les évènements sont encore trop frais dans sa tête et la vôtre, mais le temps passant, les choses rentreront dans l'ordre. Nous allons le garder encore quelque temps auprès de nous. Toutefois, pour lui assurer une rémission complète, tant sur le point physique que psychique, il est préférable que vous ne le voyiez pas avant sa guérison.

Assises sur le tapis persan ornant le salon de leur demeure, Livia et Scarlett déballaient en même temps les jolis paquets que venait de leur remettre Millicent, fraîchement rentrée de son immersion nipponne. Si Livia faisait montre de beaucoup de soin pour découvrir son cadeau, Scarlett le déchirait avec une impatience puérile qui attisa l'hilarité de la septuagénaire.

Au lieu de rentrer directement à Londres comme l'aurait souhaité son fils, cette dernière s'était hâtée de rejoindre Beaufort afin de s'enquérir des nouvelles de ses petites protégées et leur raconter ses fabuleuses aventures.

— Les filles, la prochaine fois, vous voyagerez avec moi au Japon. Vous verrez combien ce pays regorge de merveilles. J'y ai fait des expériences nouvelles et vécu des aventures dignes de roman, révéla-t-elle, habitée par cette pétulance revigorée et vêtue d'un kimono de maison, simple, mais très chic, aussi rouge que ses lèvres maquillées.

— Tu sais, Mimi, ta très chère petite-fille en a également connu des aventures dignes de roman, répondit Scarlett sur le ton de la confidence, impatiente à l'idée de commérer sur les amours de Livia. Regarde sa main gauche !

— Scarlett, on a dit qu'on attendrait le dîner.

— Avec un diamant aussi gros qu'un bouchon de carafe au doigt, Mimi l'aurait de toute façon deviné avant le dîner, exagéra la rouquine.

Millicent était arrivée en taxi un quart d'heure plus tôt et s'était précipitée pour prendre une douche rapide, puis donner les cadeaux, sans accorder une attention particulière à leurs mains. Elle était bien trop affairée à les assommer de détails sur son voyage, le regard encore hanté par les paysages japonais. Mais maintenant que Scarlett en parlait, ses yeux furent inopinément attirés par la brillance d'une bague.

Imposante, princière, parfaite pour des fiançailles.

— Seigneur... que s'est-il passé en cinq mois, les filles ? souffla-t-elle en se redressant sur son pouf marocain. Est-ce que c'est bien ce que je crois ?

— Si tu penses à un mariage, alors oui, répondit Scarlett en lui offrant son adorable sourire de chaton sauvage. Oh, Mimi ! C'est un kimono traditionnel... il est magnifique ! On dirait celui d'une geisha. Livia, tu as le même ?

Cette fois-ci, les grands yeux bleus de Millicent se mirent à clignoter frénétiquement pendant qu'elle regardait sa petite-fille.

— Tu vas te marier ? Pour de vrai ?

Livia se redressa en serrant son sublime kimono contre elle, un peu nerveuse, puis vint s'agenouiller devant sa grand-mère dans une charmante position de piété filiale.

— Je vais avoir besoin de ton soutien face à mes parents, car ce mariage va avoir l'effet d'une torpille pour eux.

— Tu vas te marier avec un Américain ?

Millicent n'avait pas posé sa question à la façon dont l'aurait fait Lawrence, avec froideur et courroux. Non, elle semblait frappée par la grâce, comme si cette révélation s'apparentait à un vœu exaucé.

— Oui, Mimi.

— Pure souche, la renseigna Scarlett, emplie de fierté. Un capitaine de la U.S Marine Corps.

— Un capitaine des marines ? Doux Jésus... j'aurais dû le parier. J'ai toujours rêvé d'un militaire pour toi, ma petite Liv, avoua-t-elle en glissant ses doigts dans sa chevelure blonde. D'un homme fort, viril, discipliné, brave, capable de te protéger. L'inverse de ce petit con de Miles. Qui est-ce ? Comment s'appelle-t-il ?

— Tu connais déjà sa famille, puisque c'est Hudson Rowe.

— Un Rowe ? Seigneur... S'il est comme son grand-père, alors c'est un homme pour toi.

— Tu n'es pas contre cette union ?

Millicent lui fit grâce d'un sourire tendre et maternel.

— Tu sais bien que j'accepterai toujours tes choix, du moment que tu n'épouses pas l'un de ces hommes auxquels ton père veut constamment te marier. Il ne choisit que des petits vaniteux sans couilles.

Scarlett s'esclaffa à l'entente de sa vulgarité et Millicent poursuivit :

— Je doute qu'un marine soit le choix idéal pour ton père, mais peu importe. Je vais vous soutenir et j'espère que ton fiancé a la force de caractère nécessaire pour lui tenir tête.

— Ils se sont déjà rencontrés lorsque mes parents sont venus nous rendre visite il y a quelques mois. Ça n'a pas du tout été le coup de foudre, avoua Livia, mi-figue, mi-raisin.

— Du moment que ça l'a été pour nous, intervint une voix grave dans leur dos, qui les fit toutes tressauter.

Hudson se trouvait à l'entrée du salon, une boîte de pâtisseries dans les mains, qui dénotait avec son look de militaire urbain : veste en cuir et col roulé noirs, jean foncé et Rangers aux pieds, sans omettre le cache-œil que lui avait procuré l'hôpital.

Personne ne l'avait entendu arriver, mais la discrétion était une partie intégrante de sa personnalité.

En réfléchissant mieux, Livia pensa qu'avec Kismet sur l'épaule, il aurait fait un parfait pirate des villes modernes.

Éberluée par tant de virilité incarnée et ce style ravageur, Millicent le mesura de ses grands yeux bleus en silence, réalisant progressivement l'identité de cet étranger. Hercule 2.0 était le fiancé de Livia.

Excellente nouvelle. C'était ce qu'il fallait à cette gamine délicate et féminine, créature d'Aphrodite et fragile comme un poussin, que seuls des bras aussi masculins pouvaient protéger.

— Bon sang ne saurait mentir ! On dirait Paul tout craché !

Hudson se focalisa sur la septuagénaire à la crinière de neige, aux yeux bleus, plus clairs que sa fiancée, mais dessinés selon la même forme. Cette femme avait dû être rousse dans sa jeunesse d'après la peau de pêche et les délicates taches de rousseur qui se percevaient encore sur ses pommettes saillantes. Sans hésitation, il s'agissait de la grand-mère américaine dont lui avait parlé Livia. Il suffisait d'entendre le fort accent sudiste et d'observer son attitude décontractée, un peu effrontée, pour deviner qu'elle avait grandi avec la faune et la flore caroliniennes. Rien à voir avec la retenue sophistiquée et les intonations modulées d'Irene Cartmell.

— Liv, je vois que le retour aux sources a été *très* bénéfique.

Hudson s'avança dans la pièce, ses pas le dirigeant vers Millicent.

— Ma'am, je crois que nous n'avons pas encore eu l'honneur d'être présentés.

— Millicent Swanson-Cartmell, alias Mimi pour les intimes, déclara-t-elle en lui présentant l'une de ses mains baguées à baiser. Apparemment, je suis ta nouvelle alliée pour convaincre mon fils de t'accepter dans la famille. Ce ne sera pas facile, mais je n'ai jamais échoué pour les missions de ce genre. Je peux être aussi ferme que Margaret Thatcher.

— Je ne pouvais espérer mieux comme soutien, souffla-t-il en saisissant sa main, l'échine courbée afin d'y déposer un baiser.

Cela cachetait leur alliance.

Chapitre 22

Livia se redressa dans la baignoire qu'elle partageait avec Hudson en éclaboussant le carrelage de gouttelettes d'eau et se rapprocha de son fiancé, positionné en face d'elle, la tête abandonnée contre le rebord du tub et le regard égaré vers le plafond. Il ne portait pas son cache-œil et révélait un œil encore cerné par un gros coquard jaunâtre, où le vert et le violet se mêlaient aux endroits les plus sensibles, tandis que des veinules éclatées répandaient des filets rouges dans le blanc de l'œil. Il cicatrisait lentement, mais sûrement.

L'ambiance prêtait à la rêverie, entre la tiédeur de l'eau, la lumière tamisée que renvoyait une quinzaine de bougies et la nappe de buée qui embrumait la vue.

— Tu es pensif ce soir. Qu'est-ce qui te tracasse ?

Livia s'arma d'une éponge mousseuse et alla jusqu'à se perdre entre ses jambes, leurs deux corps à quelques centimètres l'un de l'autre, afin de commencer à frictionner son torse musculeux. Il arborait encore un bandage au niveau de l'épaule droite et elle s'assura de ne pas le toucher à cet endroit, se contentant seulement d'asticoter le reste de ses muscles.

— Rien.

— Ne me prends pas pour une imbécile, dit-elle en comprimant entre ses doigts l'éponge, à défaut de le pincer pour le réveiller de son étrange langueur.

— Je n'ai pas envie d'en parler.

— C'est encore Jamie ?

Il releva la tête, croisa son regard myosotis et à la façon dont il l'observait, elle comprit que son discernement était juste.

— Tu sais que tu peux me parler de tout lorsque tu n'es pas bien. Pas la peine de jouer au dur à cuire tout le temps. Tu es un être humain et c'est normal d'être vulnérable à certains moments de ta vie.

Elle engorgea l'éponge d'eau, puis leva le bras en direction de son visage pour l'asperger depuis le crâne et rafraîchir sa tête. De l'eau dégoulina sur ses traits et eut l'apparence de larmes, ce qui le rendit encore plus beau à ses yeux.

— Nous allons bientôt nous marier, Hudson. Avec moi, tu peux te permettre des choses que tu ne peux pas faire en public, comme baisser la garde, te relâcher, pleurer...

Elle associa ses paroles de caresses bienfaitrices sur ses joues, ses oreilles, son cou, un peu comme si elle donnait le bain à un bébé. Il accueillit sa douceur avec reconnaissance et elle sentit ses muscles se détendre quand elle poursuivit sur ses bras, jusqu'à ses grandes mains.

— Le psychiatre m'a interdit de voir Jamie pour le moment. Il aurait une déformation des souvenirs suite à son traumatisme crânien et me tient entièrement responsable de tout ce qu'il s'est passé. Il me hait et me tuerait s'il me voyait.

Livia l'écouta et laissa tomber l'éponge dans l'eau, remplaçant l'objet par sa propre main quand elle s'égara sur son visage pour lui cajoler la joue.

— Comme tu l'as dit, c'est une déformation psychique due au traumatisme crânien. Jamie se perd lui-même dans ses propres pensées et n'arrive plus à faire la distinction entre le réel et l'imaginaire. Le pauvre, j'ai vraiment de la peine pour lui, mais il est dans le flou et pense désormais n'importe quoi à ton sujet. Tu ne dois pas culpabiliser pour ça. Il finira par retrouver la lumière et les choses reviendront à leur vraie place. Entre-temps, tu dois arrêter d'y songer et penser à te guérir toi-même.

Il opina d'un mouvement de tête, puis l'invita à s'installer entre ses bras, dos contre son torse. Elle soupira d'aise au contact de sa chaleur et s'abandonna complètement à lui, les yeux clos pendant qu'il lui prodiguait des caresses au ventre, sous l'eau.

— On est vraiment obligés d'attendre quatre mois pour annoncer à tes parents notre engagement ? J'ai envie de te faire mienne le plus vite possible. Demain si ça ne tenait qu'à moi.

— Tu as entendu Mimi ? Il serait plus sage d'attendre, de faire mûrir notre relation pour que notre histoire n'ait pas l'air d'un coup de folie.

— En un mois à tes côtés, j'ai compris que tu étais la femme de ma vie. C'est suffisant pour moi.

— Pas pour mes parents. Surtout que tu n'es pas leur choix personnel, même si ma mère semble t'apprécier. Mais ce n'est pas ça qui nous aidera à les convaincre. Il faut qu'on leur prouve que notre histoire est solide et que notre engagement a été pensé avec soin. Et puis, inutile de précipiter le mariage. Je t'appartiens déjà, tu n'auras qu'à attendre un petit peu pour que ça soit officiel.

— Je veux que tout le monde le sache vite. Je veux t'offrir mon nom, ma protection au regard de la loi et montrer à tous les autres mecs qu'ils n'auront plus jamais l'occasion de t'aborder plus d'une minute. Au risque de perdre une dent ou un œil, sans que cela me soit reproché puisque j'aurai le droit d'être jaloux à ma convenance. Ce sera légal, ajouta-t-il, pince-sans-rire.

Livia libéra son léger rire, tout en entremêlant leurs doigts.

— Moi, ça ne me dérange pas de voir les femmes venir te parler parce que tu leur plais. J'adore voir le succès que tu as auprès d'elles, puis leur montrer au final que tu m'appartiens.

— Corps et âme, princesse.

Il ponctua son affirmation en penchant sa tête vers elle pour l'embrasser sur la tempe, avec dévotion.

— Les mois passeront vite. Pendant ce temps, nous pouvons déjà réfléchir à l'organisation du mariage en attendant d'aller à Londres pour que tu demandes ma main à mon père.

— Peut-être la plus éprouvante de mes missions.

— Mimi sera une alliée de poids et je suis déterminée à passer ma vie à tes côtés. Nous y arriverons, même si je ne te promets pas des vivats de joie. Quant à mon frère, je crois qu'il s'en fiche sincèrement. Du moment que tu ne lui voles pas sa place dans l'estime de papa. Leander est très précautionneux de l'avis de notre père et a toujours cherché à lui plaire. D'un point de vue général, c'est un excellent fils.

— Je crois que ça n'arrivera jamais. Ton père et moi avons l'air d'avoir des personnalités bien différentes.

— Il est un peu snob, mais vous avez la détermination et l'esprit analytique en commun. Normalement, vous êtes faits pour bien vous entendre. Crois-moi, tu mérites bien plus son estime que la plupart de ses amis et ses protégés, mais il peut faire preuve de mauvaise foi…

— Je ferai en sorte de ne jamais te déplaire et d'être toujours correct avec lui.

Hudson lâcha l'une de ses mains, plongea la sienne sous l'eau afin de récupérer l'éponge, la mousser de savon, avant d'inciter Livia à se redresser pour lui frictionner le dos.

Depuis qu'ils s'étaient retrouvés, il ne se passait pas un soir sans qu'ils ne prennent de bain ou de douche ensemble, à se laver mutuellement, profitant de ses moments d'intimité pour se redécouvrir et se nourrir du corps et de la présence de l'autre.

— J'aurais tellement aimé rencontrer les membres de ta famille, avoua-t-elle ensuite. Tu crois qu'ils m'auraient appréciée ?

— Tu es le style de femme que mon grand-père adorait courtiser.

— Et quel style de femme je suis selon toi ?

— Il aimait les belles femmes sophistiquées, coquettes, amusantes, douces, mais avec une âme d'aventurière. Ma grand-mère était un peu comme toi.

— Comment se sont-ils rencontrés ?

— Ma grand-mère était issue d'une riche famille new-yorkaise, très respectée et influente. Elle était la cadette d'une fratrie de cinq filles et ses parents voulaient la marier à un homme d'affaires, comme pour toutes les autres. Il me semble qu'elle aimait bien son fiancé et qu'elle était impatiente de se marier, mais quand les États-Unis sont entrés dans le conflit de la Seconde Guerre, elle en a oublié ses projets matrimoniaux et a décidé de rejoindre la réserve féminine des marines en 1943. À cette époque, elle voulait donner sens à sa vie et contribuer à l'effort de guerre, au grand désespoir de ses parents. C'est au Camp Lejeune, en Caroline du Nord, qu'elle a rencontré mon grand-père, pendant qu'il enseignait à toutes ces nouvelles recrues féminines comment assembler une mitrailleuse. Avec son côté boute-en-train, elle se faisait toujours remarquer et s'attirait souvent les réprimandes de mon grand-père. C'était plutôt électrique au début.

— Comment se sont-ils mis ensemble ? s'impatienta Livia, qui adorait écouter les histoires d'amour en général, et particulièrement sur un fond historique.

— Un jour, ma grand-mère a été convoquée dans le bureau de mon grand-père sous prétexte d'éparpiller ses camarades. Mais en réalité, c'était pour lui annoncer qu'il retournait bientôt faire la guerre en Europe et qu'il ne pouvait pas partir sans l'avoir épousée. Bref, il a fait sa demande en mariage sans qu'elle ne s'y attende, alors qu'il n'avait jamais manifesté un quelconque intérêt pendant le mois où il leur apprenait les bases de la guerre. Mais mon grand-père n'aimait pas trop montrer ses sentiments. Avant, il pensait qu'un dur à cuire n'était pas supposé avoir de coup de foudre.

Livia ne put s'empêcher de rire.

— Qu'est-ce qu'elle a répondu ?

— Oui. Tout de suite, sans réfléchir. Grand-mère disait toujours que c'était son instinct qui l'avait encouragée à accepter, car dès le premier regard, elle avait toujours su qu'ils étaient faits l'un pour l'autre.

— Seigneur, c'est tellement romantique !

— Ils se sont mariés secrètement le soir même. Dans une petite église aux alentours du camp, avec seulement le pasteur et le meilleur ami de mon grand-père comme témoins.

— On dirait un roman.

— C'en est un. Grand-père a dû partir le lendemain et personne ne devait connaître leur engagement avant son retour de guerre. Mais le secret n'a pas pu être gardé très longtemps quand elle s'est rendu compte qu'elle était enceinte…

— Parce qu'ils ont célébré leur nuit de noces ?

— Parce que tu avais un doute ? lui répéta-t-il sur un ton espiègle. Mon innocent amour, un Rowe ne laisse jamais passer une occasion de coucher avec une belle femme, surtout pas avant de partir pour la guerre.

— J'aurais dû me douter que vous étiez tous faits du même bois.

— Tu as de la chance d'être tombée sur le plus sage de la famille, l'informa-t-il alors qu'une protubérance naissait entre ses jambes en avertissant Livia.

— Oh mon Dieu… j'ai du mal à croire que tu es le plus sage.

— Pas le moins du monde coureur de jupons. Mon père me trouvait ennuyeux à mourir.

Livia éclata cette fois-ci de rire et se retourna à moitié dans le bain pour se pencher vers lui et se rapprocher de ses lèvres.

— Tu n'as rien d'ennuyeux. Je pense même qu'on va bien s'amuser ce soir.

Elle lui imposa un baiser torride, qui ne laissa place à aucune ambiguïté sur ses intentions. Hudson, dont les idées noires se plièrent entièrement à des envies très tendancieuses, répondit à cette attaque lascive, ses mains parcourant sans retenue ce corps humide, soumis, à lui.

— On pourrait rejoindre le lit... je te sentirai mieux, murmura-t-elle contre sa bouche, sa langue léchant avec dévotion la petite cicatrice qui y apparaissait désormais.

Avec un petit grognement d'assertion, il la souleva dans ses bras pendant qu'il se levait brusquement de la baignoire, déversant ainsi une bruine de gouttelettes sur le carrelage pendant que Livia riait gaiement, puis enjamba le meuble en prenant le soin de ne pas glisser sur le sol humide.

À travers les miroirs de la salle de bains, Livia remarqua l'érection qui encombrait un peu sa démarche et sentit son sexe s'échauffer telle une turbine électrique en marche. Les deux amants continuèrent de s'embrasser fervemment durant tout leur trajet jusqu'à la chambre à coucher.

— Pas de préservatif, le supplia-t-elle comme il l'installait en levrette sur le matelas du lit, leurs deux corps toujours dégoulinants d'eau parfumée.

Debout derrière elle, cette position lui permettrait de la combler de plaisir sans trop solliciter ses muscles encore ankylosés à certains endroits. Il pourrait se perdre en elle, profondément, tout en s'appuyant sur la rondeur de ses fesses, dans le creux de son dos satiné...

— Non. Je ne veux plus aucun rempart entre nous, mon amour.

Puis, après s'être assuré avec ses doigts que Livia était prête à l'accueillir, il l'investit d'un vigoureux coup de reins, ses mains ancrées dans la douceur de ses hanches, le torse bombé vers l'avant, les yeux clos et l'amour au bord des lèvres.

Il n'y avait rien de mieux que de sentir l'écrin de la femme aimée autour de soi. On s'y sentait tellement bien, à la fois tout puissant et protégé de tout.

— Seigneur que je t'aime, Livia...

Chapitre 23

Craven Street
Vingt jours plus tard
— Dites-moi que je rêve ?

Bouche bée, Keir s'était figé dans l'embrasure de la porte d'entrée pour jauger le spectacle que lui offraient Livia et Scarlett, chacune habillée d'une reproduction de costumes célèbres, apparus au moins une fois dans un film culte.

Les deux jeunes femmes étaient invitées à fêter les quarante ans de Spencer dans l'un des restaurants les plus en vue de la ville, situé en face de la rivière de Beaufort. Pour marquer l'évènement et jouer la carte de l'originalité, ce dernier avait demandé à ses convives de se fondre dans un personnage de fiction célèbre, reconnaissable à travers la tenue qu'ils mettraient.

L'occasion était parfaite pour permettre à Scarlett de réaliser son rêve en arborant l'une des robes à crinoline de son personnage de roman et de film favoris : Scarlett O'Hara. *Autant en emporte le vent* était une œuvre que tout le monde connaissait et pour laquelle la rouquine se passionnait depuis l'enfance, d'autant plus qu'elle vivait dans un environnant proche de l'endroit où se déroulaient les aventures de l'héroïne.

— Scarlett, tu ressembles à une meringue ! se gaussa Keir, l'œil vif.

Grâce à l'aide de Spencer, la concernée avait pu dénicher la magnifique robe blanche à motifs floraux verts qu'arbore Scarlett O'Hara dans la scène de la *garden-party*. Cette toilette volumineuse amincissait la taille de la rouquine par la présence d'un corset, qui rehaussait en même temps la générosité de sa poitrine. Sans parler de ses longs cheveux flamboyants, disciplinés en boucles anglaises, libérés dans son dos et retenus au crâne par deux belles broches en nacre.

— Taratata ! s'exclama Scarlett en dépliant sèchement un éventail, tout en dardant sur Keir un regard condescendant, emprunté à l'héroïne homonyme.

Vêtu d'un jean et d'un t-shirt gris qui laissait apparaître ses tatouages, c'était lui qui semblait hors du temps dans ce contexte. Scarlett s'adressa ensuite à Livia, costumée en Sayuri, la sublime Japonaise aux yeux bleus dans *Mémoires d'une geisha*. Pour cette transformation, elle avait revêtu le magnifique kimono traditionnel rapporté par Mimi et s'était coiffée d'un chignon, orné de charmantes broches fleuries, dont les pampilles coulaient jusqu'à ses pommettes.

— Ma chère cousine, connaissez-vous ce malotru ? On dirait un prolétaire !

— Un prolétaire ? Je dois vous avouer que je n'en rencontre pas beaucoup dans mon *okiya*, là où nous autres, geishas, apprenons l'art qui est le nôtre, enchaîna Livia en ouvrant à son tour son éventail japonais.

— Allons retrouver de vrais gentlemen, conseilla Scarlett en tirant Livia par la manche de son kimono pour pénétrer dans la demeure de Hudson et le rejoindre au salon, où il était assis en regardant la TV.

Hudson se détourna aussitôt du match de baseball afin d'observer, sans voix, le duo excentrique qui semblait sorti d'un film, d'un roman ou d'une porte intertemporelle. Il n'avait plus de problème aux yeux et pouvait désormais les admirer de sa vision parfaite. Si Scarlett portait merveilleusement la crinoline, Livia était tout simplement exotique dans son kimono. Et malgré son visage de poupée anglaise, elle se fondait avec aisance dans la peau d'une geisha.

— Je n'imaginais pas que les costumes seraient aussi poussés.

Hudson s'était exprimé en les scannant de la tête jusqu'aux pieds, intrigué sur la manière dont elles avaient trouvé ou confectionné ces chefs-d'œuvre.

— On a fait appel à une professionnelle de Charleston pour la robe de Scarlett. Quant à mon costume, je le dois à Mimi.

— Mais quelle idée de se costumer ? demanda Keir en revenant dans le salon, une cannette de Coca-Cola à la main.

— C'est le principe de la soirée pour rendre l'évènement plus divertissant.

— Même avec un AK-47 braqué sur la tempe, je ne ferais jamais ça.

— Tu as déjà le costume de l'emmerdeur et du goujat au quotidien, enchaîna Scarlett.

Keir fit exploser la capsule de sa cannette, d'où s'épanchèrent aussitôt quelques filets de soda pendant qu'il la fouettait de ses yeux d'acier. Après une gorgée, sans jamais la quitter visuellement, il osa demander à Hudson :

— Rowe, tu crois que si je balance cette peste dans la rivière elle sombrera plus vite ? Parce que j'ai un doute avec sa montagne de jupons…

— Charmante attention, ironisa la rouquine.

Hudson se redressa de son siège en éteignant la TV, puis saisit les clefs de sa voiture sur la table basse.

— Allez, mesdemoiselles, je vous conduis à votre soirée. Dalglish, tu viens avec moi. On va dîner à côté de leur restaurant.

Hudson fit quelques pas dans la direction de Livia et se mit à tourner autour d'elle, lentement, comme pour la contempler sous toutes les coutures, à la façon dont un potentiel client pourrait épier une geisha dans l'espoir d'obtenir une nuit avec elle. La jeune femme fut excitée par ce regard soutenu, très viril, qui la fit se sentir puissante, maîtresse de ses charmes à travers le désir de cet homme.

Au bout de longues secondes, il se pencha vers Livia et lui chuchota à l'oreille, son nez frôlant les fleurs qui pendaient de son chignon et ses lèvres cajolant son lobe :

— J'aimerais passer ma nuit en vous, madame.

Livia rosit de plaisir, mais cela se devinait à peine sous son maquillage. Par chance, Keir et Scarlett ne leur prêtaient pas vraiment attention, trop affairés à se chercher des poux.

— Vous êtes direct, étranger.

— Je ne perds pas de temps quand je sais ce que je veux. En l'occurrence, vous.

— Il va falloir se soumettre à plusieurs conditions.

— Je suis prêt à les entendre.

Livia lui fit signe de se pencher davantage afin qu'elle puisse lui chuchoter à son tour au creux de l'oreille :

— Ce soir, en rentrant, je vous veux nu dans votre grand lit, les yeux bandés et les mains et les pieds ligotés de liens en soie. Entièrement à ma merci.

Hudson redressa la tête, joignit leurs deux regards, puis la questionna à voix basse :

— Dominatrice ?

— C'est à prendre ou à laisser.

— C'est un exercice qui m'intrigue.

— Bien. Vous pourrez compter sur ma présence, étranger.

— Qu'est-ce que vous attendez, tous les deux ? s'impatienta Scarlett, avant de donner, du bout de son éventail replié, une chiquenaude sur les doigts de Keir au moment où il voulut palper son collier de perles blanches.

— Aïe !

— Pas touche, ce sont des vraies. Elles viennent du Japon et je ne veux pas que tu les salisses.

— Allons-y avant qu'elle ne s'évanouisse sous le coup de l'irritation, décréta Hudson avec un regard vers Scarlett, tout en saisissant Livia par la main pour l'entraîner à sa suite.

Mais cette dernière marchait plus lentement à cause de ses *geta* à deux dents, cette paire de souliers en bois typique de la culture japonaise.

— Comment tu arrives à marcher avec ça ?

— Une femme s'adapte à toutes les chaussures.

Les instants plus tard, le quatuor s'éloignait en direction de la Jeep où les jeunes femmes n'auraient pas pu grimper à l'intérieur sans l'aide bienvenue des deux marines. Comme Hudson installait précieusement Livia sur la banquette arrière, Keir empoignait Scarlett à la taille en la soulevant avec facilité, pour ensuite la carrer comme un bambin aux côtés de sa cousine. Les crinolines se renversèrent dans leurs mouvements et remontèrent jusqu'au visage de la jeune femme en manquant de la noyer sous le monticule de tissus.

— Seigneur, tu ne connais pas la douceur ! maugréa-t-elle en se tortillant contre le siège, la respiration coincée dans le corset trop ficelé et la tête cachée derrière les jupons.

Les jambes de la rouquine se révélèrent sous des sous-vêtements d'époque, à savoir un petit bloomer en coton et à froufrou, que Keir évalua avec un regard circonspect avant de l'aider à remettre ses jupons correctement. D'un geste ferme, il saisit ensuite la ceinture de sécurité et se pencha vers son petit corps acculé pour l'attacher et lui souffler au visage :

— Je connais la douceur, mais tu ne me laisses pas l'occasion de te la montrer.

— Brute !

— Keir, si tu continues de l'embêter, je te jure que je te forcerai à porter son corset, intervint Livia sur un ton serein, un peu taquin, tout en se penchant en direction de Scarlett pour l'aider à remettre ses peignes dans les cheveux.

Le balafré maugréa quelque chose, pareil au grognement d'un ours renfrogné, avant de refermer la portière sur Scarlett et investir le siège avant, côté passager. La Jeep démarra et le quatuor sillonna la rue principale du quartier.

Installé derrière le volant de sa vieille voiture, une bouteille de gin et un pistolet posé sur le siège passager, Jamie Blythe les regardait s'éloigner. Les capitaines Rowe et Dalglish semblaient heureux, exorcisés par les blessures de la guerre, oublieux des atrocités qu'ils avaient vécues ensemble sur le terrain. Là-bas, en Enfer, dans cette vallée sauvage où l'herbe s'abreuvait désormais du sang de Kitty...

Hudson Rowe. Si ce salopard ne s'était pas trompé face à l'adversité, s'il n'avait pas tardé à réagir, Kitty, le soleil qui avait irradié sa courte vie, serait encore là.

Avec une détermination de plomb, Jamie actionna le moteur, abaissa le frein à main et s'engagea à la suite de la Jeep.

Les erreurs étaient communes à la guerre, mais la perte de Kitty provoquait une hémorragie de douleur. Il ne pouvait pas être le seul à perdre l'être qu'il avait aimé et qu'il aimait encore.

Le capitaine Rowe devait goûter à la saveur empoisonnée de l'absence, de la destruction de l'amour. Il devait supporter les revers de ses erreurs et en être personnellement puni.

Jamie soupira, à la fois horrifié par son plan et satisfait par le résultat qui s'annonçait. Son désir d'équité et de vengeance serait bientôt assouvi.

Et plus tard, dans la nuit, il rejoindrait Kitty.

Mais avant cela, sa dernière mission l'attendait.

Chapitre 24

Livia et Scarlett pépiaient à l'arrière de la voiture en étourdissant l'esprit de Keir, excitées comme deux débutantes sur le point de faire leur entrée dans la société.

— J'ai entendu dire que Spencer avait fait appel à des acrobates et des cracheurs de feu pour un numéro en plein air, après le dîner. Il met toujours le paquet lorsqu'il s'agit d'organiser son anniversaire. Il s'y prend souvent un an à l'avance.

— Il n'y a rien de pire que de fêter son anniversaire, commenta Keir. Tu prends de l'âge et tu te rends compte que les belles années sont irrécupérables. C'est déprimant.

— Autant fêter dignement les étapes menant vers la sagesse, dit Livia.

— J'ai bientôt trente-quatre ans et crois-moi, je n'ai pas pris un gramme de sagesse depuis mes quatorze ans.

— Ah, on est enfin d'accord sur le fait que tu es un gros con puéril, s'exclama Scarlett en lui décochant un regard provocateur.

— Mais qu'est-ce que tu as à me narguer comme ça, t'as tes règles ou quoi ? lui retourna Keir en pivotant sur son siège pour l'observer.

— Faites l'amour, pas la guerre, renchérit Livia sur un ton enjoué.

Hudson profita de cet instant pour glisser :

— D'ailleurs, tous les deux, vous allez devoir m'expliquer quelque chose concernant un baiser échangé à Parris Island.

Scarlett devint délicieusement rose et l'embarras parut resserrer l'étreinte de son corset autour de son torse. À l'inverse, Keir sortit son sourire carnassier.

— Vous vous êtes embrassés ? rebondit Livia.

— Je n'étais pas du tout d'accord, il m'a forcée !

— Dis comme ça, je pourrai passer pour un homme qui violente les femmes, alors que pas du tout. J'ai peut-être fait le premier pas, mais je vous assure qu'elle m'a répondu avec enthousiasme.

— Vous êtes attirés l'un par l'autre ? enchaîna Livia en les passant tous les deux au crible de ses yeux.

La belle blonde décela l'énergie à la fois attractive et répulsive qui explosait entre eux.

— Ça dépend, avoua Keir.

— Absolument pas. Je ne suis attirée que par le lieutenant Warren.

— C'est qui ce lieutenant Warren ? retourna Keir avec une pointe d'obscurité dans la voix.

— Un pompier extraordinaire. Tu ne lui arrives même pas au petit orteil.

— Je rêverais d'éteindre ton impertinence en t'aspergeant avec son extincteur.

— Si vous n'arrivez pas à communiquer comme tous les gens du commun, vous devriez vous limiter aux baisers. Ça sera bien plus agréable, croyez-moi. D'ailleurs, Scarlett, Keir embrasse-t-il bien ?

— Livia !

Pendant que sa fiancée taquinait ses deux amis, Hudson décocha un regard à travers son rétroviseur et remarqua, non sans une pointe d'étonnement, que la même voiture bleu foncé, d'un modèle ancien, les suivait à la trace depuis leur départ. C'était un homme qui conduisait, coiffé d'un bonnet et portant des lunettes de soleil. Son identification était confuse et son look étrange. La nuit était descendue sur Beaufort depuis une heure et porter des lunettes de soleil en pleine pénombre semblait inadapté… mais peut-être que le conducteur avait un problème de vision qui nécessitait une faible luminosité ?

Hudson ne sut pourquoi l'inconnu l'intriguait à ce point en lui rappelant Jamie. De loin, il y avait un air de famille. Cependant, Jamie n'était pas près de sortir de l'hôpital et les soignants qui le gardaient ne le délaissaient jamais, sauf quand ils le droguaient de barbituriques.

Comme pour s'assurer que cette vieille voiture ne le suivait pas, Hudson bifurqua à l'improviste dans une ruelle, empruntant ainsi un autre itinéraire jusqu'à la destination désirée. Satisfait, il vit que plus personne ne le pistait, puis continua son chemin, sans manquer de s'admonester mentalement. Il était parfois trop prudent, à la limite de la paranoïa quand il avait le pressentiment que quelque chose clochait.

— Ça va, Rowe ? l'interrogea Keir, sensible au changement d'âme de son ami.

— Ouais.

— Alors pourquoi t'as pris un autre parcours ?

— J'ai eu le sentiment qu'on nous suivait.

— Quelqu'un est à nos trousses ? réitéra Livia en se retournant sur son siège pour regarder à travers la vitre arrière de la Jeep.

— Qui pourrait bien vouloir nous suivre ? souligna Scarlett en voulant imiter sa cousine, toutefois, sa tenue trop cintrée limitait ses mouvements.

— Personne, les filles. On se détend.

— Si quelqu'un essaie de nous effrayer en nous suivant, croyez-moi que je me ferai une joie de descendre pour lui coller un bon pain dans la figure.

— Et moi, un petit coup de sabot sur la tête, appuya Livia en trémoussant ses pieds dans ses chaussures japonaises.

— Je me demande juste comment il est possible de se mouvoir dans des tenues pareilles.

— Ne sous-estime pas ces femmes, Dalglish.

Il fallut seulement cinq minutes de plus pour arriver à destination. Tout en oubliant l'épisode de la voiture bleue d'un claquement de doigts, Hudson et Keir s'éjectèrent les premiers de la Jeep, ouvrirent les portières arrières et aidèrent les jeunes femmes à mettre pied à terre.

Elles remirent de l'ordre dans leurs tenues en même temps qu'ils découvraient ensemble la façade du restaurant où Spencer et Raúl les attendaient, joliment décorée de fleurs, de guirlandes luminescentes et de lampions chinois. Un brouhaha s'en échappait en annonçant le ton de la soirée et les cousines s'exclamèrent de joie lorsqu'elles découvrirent d'autres personnes costumées. Il y avait des cow-boys, des gangsters de l'époque de la Prohibition, des militaires de la Première Guerre mondiale, des Tortues Ninjas, des momies, une Cléopâtre, une Marie-Antoinette, une Marilyn Monroe, un samouraï et une suite de gens dont les costumes seraient longs à détailler.

— Ah ! Ils sont tous géniaux ! s'exclama Scarlett en tournoyant sur elle-même, ce qui fit voleter ses jupons avec charme.

Spencer et Raúl les aperçurent depuis l'entrée du restaurant, respectivement costumés en Roi Arthur et

Matador, puis les invitèrent à les rejoindre par de vifs signes de la main.

— Hé oh ! Scarlett, Livia ! Vous êtes sublimes ! s'époumona Raúl.

Les cousines les saluèrent d'un même mouvement du bras, mais tandis que Scarlett s'élançait déjà dans leur direction en trottinant, Livia dut adopter une démarche plus mesurée à cause de ses chaussures.

— Pas de problème, mon ange ? demanda Hudson dans son dos.

— Ça va, je me débrouille. Regarde-moi faire.

Elle lui fit l'honneur d'un sourire languide par-dessus son épaule, puis poursuivit son chemin lentement, sans manquer d'allure et de sûreté. Entre temps, ses yeux se posèrent sur un homme coiffé d'un bonnet et d'une paire de lunettes de soleil, à l'apparence patibulaire, qui fonçait dans leur direction avec entêtement.

La flamme rieuse dans son regard s'éteignit telle une bougie que l'on souffle et son instinct tira sur la corde de la peur.

— Hudson ! l'appela-t-elle.

À son tour, l'interpellé remarqua l'inconnu, très agressif dans sa manière de les approcher, puis tressaillit de ce frisson qui lui annonçait un péril. Il n'était pas fou, c'était bien le conducteur de la vieille voiture.

— Capitaine Rowe ! héla ce dernier en se débarrassant de ses lunettes, qu'il jeta ensuite à terre, sans pitié, avant d'extraire de la poche de son jean un pistolet.

— Oh merde…, souffla Keir.

C'était Jamie, alcoolisé, drogué aux médicaments, le regard fou et dantesque. Son interpellation alerta les personnes alentour, dont Scarlett, Spencer, Raúl et leurs invités. Ces derniers retinrent leurs respirations en observant Jamie s'établir à deux mètres de distance, le flingue désormais brandi sur Hudson.

Tous les costumés s'agglutinèrent à l'entrée du restaurant en pensant à une nouvelle animation réservée par l'organisateur. Après tout, la soirée portait sur le cinéma hollywoodien et quoi de plus cinématographique que de demander à des cascadeurs d'interpréter une scène de film d'action pour épater les convives ? Mais Hudson, Keir et Jamie n'avaient rien de cascadeur et le flingue ne paraissait pas chargé de balles à blanc.

Ce n'était pas du cinéma.

— Hudson… ?

Le corps raidi, sur le qui-vive, il intima le silence à Livia d'un geste de la main. Elle n'était qu'à un mètre de lui, une cible qui entrait dans le champ de vision de Jamie. Il fallait faire le moins de bruit possible et apaiser la bête écorchée qui grondait dans l'âme du sergent.

— Il est devenu vraiment fou…, siffla Keir entre ses dents, pendant que Hudson s'assurait de la présence de son KA-BAR d'un petit mouvement du pied.

Comme à son habitude, l'arme était rangée dans le holster qu'il portait au mollet. Il lui faudrait cinq secondes pour s'en munir.

— Capitaine Rowe, il est l'heure de payer pour vos erreurs et de souffrir comme je souffre ! vociféra Jamie en actionnant le chargeur.

D'abord congelée d'effroi, Livia recouvra un semblant de hardiesse au moment où elle vit l'assaillant glisser son index sur la détente, préparé à tirer sur l'homme de sa vie. Le silence se rompit.

— Jamie, arrêtez ! le supplia-t-elle en se hâtant de rejoindre Hudson, mais déjà une détonation partait.

Des clameurs, celle de Hudson mêlée à celles de Keir, Scarlett et d'autres personnes, cabriolèrent autour de Livia. En se rapprochant de son fiancé, elle n'avait pas réalisé que l'arme s'était braquée sur son corps.

— LIVIA !

Le cri de Hudson satura ses tympans. Elle n'entendit plus que lui pendant qu'une douleur indescriptible, piquante et mordante lui déchirait l'abdomen. C'était à la fois chaud, froid, une sensation qu'elle ne pensait pas ressentir un jour. Même son corps bascula en arrière de manière vertigineuse, sans qu'elle ne puisse plus maîtriser ses articulations, alors que la lourdeur de son kimono ne fit que charger le poids nouveau qui pesait sur son ventre ensanglanté. Toutes ces sensations désagréables lui tranchèrent le souffle.

— Livia !

Pareille à une poupée de chiffon, elle dégringola dans les bras de Hudson, qui la rattrapa solidement contre lui, le visage ruisselant de sueur et les yeux assombris par un mélange de sentiments affolants. La tête de son amant emplit tout son champ visuel, si bien qu'elle ne comprit pas ce qu'il se passait au moment où une seconde déflagration éclata dans l'air.

— Je suis là, mon amour. Accroche-toi, tout va s'arranger, la pria Hudson en se servant des tissus épais du kimono pour endiguer l'hémorragie de sa plaie.

Livia sentit la chaleur de son corps s'évacuer avec le sang, malgré le contact si rassurant de son fiancé contre elle. Avec effort, ses petites mains se glissèrent sur ses grandes paumes, puis les étreignirent éperdument.

— Reste éveillée, Livia. Je t'en supplie, reste éveillée !

Mais la léthargie s'emparait déjà de son être. Les paupières se refermèrent sur ses magnifiques yeux embués de larmes en la plongeant dans la nébulosité.

Chapitre 25

Le lendemain soir

Une morsure brûlante à l'abdomen contracta les traits de Livia quand elle se réveilla d'une longue torpeur. Tous ses muscles étaient transis et sa tête alourdie par la morphine rendait son esprit brumeux. Elle fut perturbée quand elle réalisa que son lit n'était pas celui de sa chambre, mais d'un hôpital, avant de découvrir que son avant-bras droit était relié à deux poches de perfusion. Le gauche était quant à lui pansé d'une compresse où apparaissait une goutte de sang.

— Mon ange…

Livia tourna la tête en direction de la voix et le visage de Hudson apparut dans son champ de vision. Il était assis sur le tabouret qui juxtaposait son lit, encore vêtu des habits de la soirée précédente. Une barbe naissante assombrissait ses joues alors que de grands cernes bordaient ses yeux rougis par une nuit et une journée à la veiller.

Malgré les recommandations de Scarlett, il avait insisté pour rester auprès d'elle jusqu'à sa reprise de conscience. Il ne l'avait quittée que pour se payer des cafés et se rafraîchir de temps en temps.

— J'ai rêvé de toi, Hudson.

Il porta sa main à sa joue et la cajola avec une déférence qui lui procura du réconfort.

— Cette nuit a été épouvantable.

— Ce n'était pas un cauchemar..., murmura-t-elle en tentant de se redresser sur sa couche, mais la douleur à l'abdomen s'accrut et la découragea.

— Repose-toi, tu en as besoin. La blessure est importante, même si elle n'a touché aucun organe vital, Dieu merci... les tissus épais de ton kimono ont amorti la pénétration de la balle. Les médecins vont te garder encore quelques jours et la cicatrisation devrait se faire normalement. D'ici quelques mois, tu ne verras presque plus rien.

— Maintenant, j'ai moi aussi une blessure guerrière, souffla-t-elle en ébauchant un sourire, juste pour détendre l'atmosphère pesante qui surplombait la pièce.

Hudson n'arrivait toutefois pas à décrisper ni son visage ni son corps. Les évènements de la veille l'avaient aussi bien bouleversé que ses premières expériences militaires. Quand il avait compris que la balle de Jamie s'était fichée en Livia, son sang n'avait fait qu'un tour. Il avait pensé que la Terre s'était arrêtée de tourner en la voyant sombrer dans ses bras, pareille à une marionnette désarticulée, une tache béante et alarmante au niveau de son ventre.

Il avait hurlé jusqu'à en percer ses poumons et avait cru devenir fou. Peut-être aurait-il massacré Jamie s'il ne s'était pas neutralisé lui-même après avoir commis l'impardonnable.

— Quel héros tu fais, mon ange, murmura-t-il en glissant ses doigts dans ses cheveux mouillés de sueur, car les élancements à l'abdomen lui procuraient des frissons et une douleur muette, que la morphine s'affairait à diminuer. Tu as osé t'interposer entre lui et moi.

— On dit que l'amour se mesure à ce que nous pourrions donner pour lui. Je te donnerais cent fois ma vie si c'était pour te sauver, assura-t-elle alors qu'il se redressait de son siège pour se pencher au-dessus d'elle et marquer son front d'un baiser intense, incandescent.

Il sembla à Hudson que la môle s'était brisée en lui afin de laisser les vagues déferlantes se déchaîner au plus profond de son âme et libérer les larmes qu'il contenait depuis la veille. De grosses larmes s'écrasèrent en silence dans les cheveux de Livia et une minute passa sans qu'il ne bouge, absorbé par cette abondance d'amour qui le tétanisait.

Livia se rengorgea de cette intensité et crut toucher la Grâce du bout des doigts lorsqu'elle revit les yeux de Hudson, d'un vert si limpide sous l'écran des larmes qu'il ravalait en vain.

Elle leva lentement le bras, rapprocha sa main de son visage et essuya elle-même les traces humides sur ses joues piquantes.

— Je m'en veux tellement pour ce qu'il s'est passé. J'aurais dû être plus vigilant.

— Comment pouvais-tu savoir que Jamie débarquerait à l'improviste pour nous tirer dessus ?

— Je savais qu'il était perturbé mentalement et qu'il m'en voulait.

— Nous le savions tous, mais tu n'étais pas au courant qu'il s'était évadé de l'hôpital pour te retrouver. Où est-il maintenant ?

— Il s'est suicidé, répondit-il sur des inflexions graves.

— Oh, je vois… je suis triste pour lui. Je suis certaine qu'il n'était pas mauvais.

— Un homme bien, au cœur pur, qui s'est égaré dans la guerre. Il était fragile. Selon son psychiatre, il avait déjà eu des antécédents suicidaires et était entré dans l'armée en partie pour renforcer son caractère et combattre ses névroses. Je crois que ce n'était pas la meilleure idée, car la guerre crée des névroses et révèle dans certains cas des psychoses... La mort de Kitty et sa commotion cérébrale l'ont complètement perturbé et voilà où nous en sommes aujourd'hui.

Malgré ses maux physiques, la voix de Livia ne manqua pas de fermeté pendant qu'elle continuait à le caresser, passant cette fois-ci ses doigts sur ses lèvres closes.

— Ce n'est la faute de personne. C'est arrivé et grâce au Ciel, je n'en suis pas morte. Quand je sortirai de l'hôpital, les choses redeviendront comme avant.

— Et tu ne me quitteras plus.

— J'aimerais dire la même chose pour toi.

Quand Hudson ne serait plus en convalescence, Livia savait qu'il serait à nouveau déployé à l'étranger, son contrat avec la U.S.M.C le lui ordonnait. Et c'était un rythme de vie qu'elle avait décidé de suivre à ses côtés. Une existence faite de sacrifices et d'attentes. D'autres femmes l'auraient critiqué pour ce choix qui l'astreignait à aimer un homme engagé, pour lequel l'armée et la famille avaient la même valeur dans son cœur, mais si c'était le seul moyen d'être avec lui, alors elle était capable de supporter les inconvénients de son métier.

— Je vais être promu major dans les semaines à venir. Plus de responsabilités, mais moins d'interventions sur le terrain.

— C'est supposé me rassurer ?

— Un peu.

— Quand je deviendrai lieutenant-colonel, je demanderai une place à Parris Island, là où travaille Lex.

— Et dans combien de temps vas-tu atteindre ce grade ?

— Environ trois ans si tout se passe bien.

— Et à ce moment-là, tu seras là tous les jours ?

— Bien sûr. Et nous aurons même l'occasion de voyager dans d'autres états en fonction de mes mutations.

— Peu m'importe du moment que je suis avec toi.

Livia saisit l'une de ses mains pour entremêler leurs doigts et fut bientôt attirée par la compresse qu'il arborait dans le creux du bras. Hudson avait oublié de la retirer depuis la veille.

— Tu as été perfusé, toi aussi ?

— Non, on m'a seulement prélevé du sang pour te le transfuser. Tu en avais perdu pas mal quand nous t'avons emmenée aux urgences.

La reconnaissance de Livia à son égard s'affermit à cette révélation. Hudson lui avait offert son sang, le même qui se mêlait désormais au sien en abreuvant ses veines.

— Je t'appartiens désormais entièrement. Corps, cœur et sang.

Chapitre 26

Beaufort Memorial Hospital
Deux jours plus tard

Livia manqua s'étouffer avec sa salive au moment où Miles Wharton fit son apparition dans la chambre de l'hôpital à la suite de ses parents et de Millicent, un magnifique bouquet de roses blanches entre les mains. Son corps se tassa inopinément tandis qu'elle broyait entre ses doigts la main de Hudson, lequel se tendit à son tour, réceptif au nouveau flot d'émotions qui la gagnait. Il ignorait l'identité de cet étranger et pensa un instant qu'il s'agissait de Leander, le frère dont elle lui avait parlé.

— Oh, ma chérie ! s'écria Irene en se précipitant au chevet de sa fille, les yeux rougis par des larmes versées sur le chemin. Mon pauvre cœur… je me suis effondrée quand j'ai appris qu'on avait essayé d'attenter à ta vie. Heureusement, vous étiez là, capitaine Rowe, enchaîna-t-elle en reportant son attention sur le dénommé afin de lui adresser un sourire de reconnaissance.

— Je te rappelle, Irene, que si notre fille ne fréquentait pas cet homme, jamais elle n'aurait été la cible de ce détraqué ! appuya Lawrence avec fureur, le teint si rougeoyant qu'on aurait pu croire que de la fumée sortirait de ses narines dilatées. Espèce de fumier, vous avez attiré des ennuis à mon enfant !

Et le politicien de traverser la pièce en chargeant tel un bison en direction du marine, prêt à s'engager avec lui dans une empoignade dynamique. Hudson le vit arriver sans tiquer, mais se leva tout de même au cas où il aurait à le mobiliser en vitesse, sans grande douleur, avec seulement beaucoup d'efficacité. Cependant, Lawrence ne put poursuivre son chemin puisque le grand type brun et urbain qui l'accompagnait, habillé dans un costume taillé par les grands couturiers de Savile Row, l'interrompit habilement en le saisissant à l'épaule.

— Je vous en prie, Lawrence, pas d'esclandre.

Le fringant londonien à la trentaine éclatante s'exprima avec un respect qui ne manquait pas de fermeté.

— Pas d'esclandre ? Miles, ce vaurien couche avec la femme qui aurait dû être la tienne. Et elle a manqué de se faire tuer à cause de son obscur passé de vulgaire militaire !

Hudson sembla se métamorphoser en pierre de feu, insulté dans son honneur et en colère par la présence indésirable de l'ancien fiancé, celui qui avait *aimé* Livia avant lui, qui l'avait ensuite trahie, le même qu'il rêvait de rosser à coups de poing et de pied.

Seigneur, son mauvais instinct de fauve possessif faisait surface !

— Papa ! s'offusqua Livia, imitée par sa mère et Millicent, cette dernière quittant aussitôt son emplacement pour se positionner en face de son fils et le châtier d'une gifle magistrale.

Le bruit sec de la claque trouva son écho contre les murs de la pièce et sidéra le reste de l'assistance. Il n'était pas commun de voir Lawrence Cartmell se faire gifler en public par sa mère.

— Retire immédiatement ce que tu viens de dire, Lawrence ! Le capitaine Rowe n'a rien d'un vaurien et c'est encore moins un vulgaire militaire. Heureusement que des hommes comme lui existent encore de nos jours. Sois heureux de savoir que ta fille a trouvé un homme à sa mesure, qui puisse la chérir et la protéger comme elle le mérite. Je n'ai jamais connu Livia aussi heureuse depuis qu'ils sont ensemble et je me réjouis de savoir qu'ils vont se marier bientôt.

Lawrence devint blafard, aussi blanc que les linges hospitaliers, alors qu'Irene et Miles accusaient l'information avec mutisme, comme abrutis par la stupéfaction.

— Et ne t'avise pas de refuser cette union, car tu n'auras pas le choix. Le dernier prétendant que tu lui as déniché s'est révélé indigne de ma petite-fille.

Millicent souligna sa phrase d'un regard électrique en direction de Miles, devenu pâle, gêné, comme ratatiné sur lui-même. Il se racla la gorge, puis marmonna une excuse en pilotant ses yeux clairs sur Livia. En réponse, la jeune femme soutint son regard avec fermeté, non sans une touche de hauteur, mais au fond d'elle-même, son cœur réalisa combien son ancien fiancé la laissait de plus en plus indifférente. En le revoyant, elle avait été traversée par un courant de panique, pas du tout préparée à le revoir après plusieurs mois de séparation. C'était uniquement la surprise qui avait parlé et aucun autre sentiment.

En réalité, c'était plutôt son père qui la contrariait par ses réactions. Il ne fallait pas se faire d'illusion, elle s'était attendue à un discours similaire, et malgré l'anticipation, son amertume ne décrut pas.

Son père n'appréciait pas Hudson. Il n'y avait rien de personnel dans ce jugement, puisque les deux hommes se connaissaient à peine. Ce n'était qu'une question de mauvaise foi. Hudson ne répondait pas aux critères sélectifs de Lawrence et son éligibilité au poste de gendre était un rêve auquel il ne fallait pas songer. Le gendre en question devait être minutieusement choisi par le paternel et non par la future mariée. Sauf si cette dernière dénichait un millionnaire versé dans les affaires ou la politique.

Où allait-on avec un militaire domicilié dans un trou perdu ? Lawrence voulait bien le savoir. Mais à la manière dont Hudson se tenait auprès de sa fille, semblable à une forteresse en pierre qu'il fallait gravir, voire détruire pour pouvoir l'atteindre, le quinquagénaire comprit avec consternation que le mariage de ce couple atypique aurait lieu.

Le capitaine Rowe était résolu à garder Livia à ses côtés, au risque de mourir pour cela.

C'était une question de survie.

Après ce qui parut être une éternité, pendant laquelle Lawrence et Hudson se mesurèrent avec hostilité, l'aîné parla, non sans morgue et froideur :

— Qu'est-ce que vous avez à offrir à ma fille ?

— Ma vie. Tout ce que je possède lui appartient et je ne manquerai jamais de l'aimer, de la protéger et de lui assurer un confort digne de sa personne. Livia ne souffrira jamais de la misère avec moi et je me donne pour mission de la rendre heureuse jusqu'à la mort. J'en fais le serment.

La déclaration de Hudson bouleversa sensiblement Irene, qui lâcha un sanglot empreint de sentimentalisme. Ce capitaine était romanesque et son amour pour sa fille était chevaleresque, comme elle l'avait toujours souhaité. Livia ne pouvait espérer mieux comme amant, époux et garde-fou.

Lawrence, dont les réticences sautaient progressivement, n'en perdit pas moins son air superbe et poursuivit l'interrogatoire :

— Vous en faites le serment ? Combien d'hommes ont fait de serments qu'ils n'ont jamais tenus ?

— Ne remettez pas ma parole en question, monsieur Cartmell. Si mon serment est rompu, c'est que la mort m'aura rattrapé.

— Et que toucherait la veuve d'un capitaine des marines ?

L'air sembla se condenser davantage pour les trois femmes présentes, scandalisées par l'effronterie de Lawrence. Par contre, Hudson ne parut pas perturbé outre mesure. Le père de Livia était un adversaire qui avait déjà perdu. Il fallait uniquement lui faire croire qu'il avait gagné, au moins à parts égales.

— Je vais être promu au rang de major dans les semaines qui suivent. Mon salaire va augmenter. Si je meurs, Livia et les enfants que nous aurons seront en sécurité. Je n'atteins peut-être pas vos millions, mais j'ai une fortune personnelle qui permettra à ma famille de vivre dans l'aisance.

— Pensez-vous que ma fille supportera longtemps vos départs interminables sur les terrains de conflits ?

— Elle a bien plus de caractère que vous le pensez.

— Elle a besoin de beaucoup d'attention.

— Et elle n'en manquera jamais.

— Où iriez-vous après vos missions ?

— J'obtiendrai une place dans une base située à proximité d'ici, avant d'emmener ma famille vivre dans d'autres pays où la U.S.M.C est représentée.

— Seigneur… ma fille baladée de pays en pays, comme une bohémienne.

— Elle en a toujours rêvé, Lawrence. Livia est faite pour le train de vie que lui proposera Hudson. Pas pour cette existence à l'image de papier glacé que tu voulais lui imposer aux côtés de Miles, s'immisça Millicent.

Les observations de sa mère ne firent qu'agacer le policien. Il savait au fond de lui-même que sa fille n'avait jamais vraiment été faite pour épouser Miles Wharton. Il avait voulu se convaincre du contraire et faire de ce mariage avorté un avantage politique et financier. Son véritable bonheur avait toujours été secondaire… jusqu'à aujourd'hui.

— Et que feriez-vous si jamais vous quittiez l'armée ?

— On ne manque pas de trouver un job aux États-Unis, on s'en sort toujours. Je pourrai avoir un poste dans la police ou le FBI facilement.

Lawrence soupira et balada lentement ses yeux sur le corps étendu de sa fille alitée.

— Je suppose que tu vas continuer à travailler dans des universités dont on ne connaît même pas le nom ?

— Oui. Je vais aussi me lancer dans un rêve qui m'appelle depuis longtemps : l'écriture de romans.

— Oh, c'est merveilleux. Je t'ai toujours dit que tu avais une belle plume, intervint enfin Miles, qui s'était cloîtré dans un silence pendant que son ex-beau-père cuisinait le nouveau fiancé de Livia, un homme qu'il trouva un peu rustre au premier abord, avant de découvrir son panache et sa force tranquille.

Livia reporta son attention sur Miles et à la tension qu'elle ressentit chez Hudson, elle sut qu'il se contenait pour ne pas bondir sur son ancien compagnon et lui faire regretter ses tromperies passées.

Dorénavant soulagée et habitée d'un sentiment pacifiste, elle demanda :

— Que fais-tu ici, Miles ?

— J'étais inquiet pour toi quand tes parents m'ont appris que tu étais dans une situation critique. Je tiens à toi, Livia, et j'aimerais enterrer la hache de guerre.

Miles se rapprocha du lit en tenant le bouquet de roses blanches, mais s'arrêta à une distance plus que convenable sous le regard alertant du Cerbère aux yeux verts, qu'un seul geste déplacé risquerait de déchaîner.

— J'espère que ces roses te plaisent.

— Elle préfère les myosotis, grogna Hudson.

Chapitre 27

Rose Hill Plantation House, Bluffton
12 mai 2008, jour du mariage

— Arrête de stresser, Rowe. Tu vas te marier, pas affronter une armada d'ennemis, plaisanta Keir en époussetant sa veste de cérémonie, sur laquelle de petites peluches blanches s'étaient accrochées.

— Le mariage est un exercice que je n'ai encore jamais expérimenté, rétorqua Hudson, qui inspectait son allure à travers la psyché mise à sa disposition, dans sa chambre de marié. Et si Lawrence Cartmell décidait finalement de mettre son veto ?

— Tu es désormais le major Rowe, un héros de guerre promu à la plus belle des carrières militaires. Tu es issu d'une bonne famille, qui doit compter plus de personnalités héroïques que son lignage anglais en quatre cents ans d'histoire. Et en plus de ça, tu es beau comme un dieu. Ça fait une belle image pour sa carrière de politicien britannique. Alors non, il ne va pas tourner sa veste au dernier moment.

Hudson posa sur son acolyte un regard empreint d'amitié pendant qu'un sourire bombait ses lèvres.

— C'est bien la première fois que je t'entends dire que je suis beau comme un dieu.

— Et ne t'attends pas à ce que je te le répète tous les jours, répliqua Keir, un air canaille sur le visage. C'est seulement cet uniforme qui te donne la classe.

Par-dessus son emblématique veste noire des marines, Hudson finissait d'attacher au niveau de la taille une ceinture aussi sombre que l'onyx, à laquelle un fin ceinturon était bouclé en passant par l'épaule droite pour barrer le dos et la poitrine de travers. Cela offrait un style cintré et sophistiqué à la tenue, autant que la multitude de rubans militaires, d'insignes et de médailles qui la pavoisaient. Le sabre qu'il portait au flanc gauche renforçait sa prestance en conférant à son allure beaucoup de majesté, alors que le pantalon blanc immaculé, dont la teinte évoquait celle de son couvre-chef, cassait harmonieusement l'ensemble.

— C'est toi qui as les alliances, Dalglish ?

— Non, c'est Lex.

Hudson se coiffa de son couvre-chef et son aspect prit définitivement celui d'un chevalier des temps modernes. Apparurent à cet instant John et Lex, tous deux vêtus du même uniforme de parade que le marié.

— Hé, Lex, c'est toi qui as les alliances ?

— Ouais. J'ai même autre chose pour toi.

Comme Hudson arquait un sourcil, Lex sortit de la poche de son pantalon un écrin, qu'il ouvrit en révélant aux yeux de tous une glorieuse petite médaille pendue à un ruban pourpre, où une ancre, enlacée par les pétales d'un cœur en feuilles de laurier, était frappée avec cette phrase pour légende : MARRIAGE CAMPAIGN.

— Major Rowe, le mariage est pareil à une campagne militaire. Chaque homme ou femme qui s'y risque doit déployer beaucoup de courage, de persévérance et d'abnégation. Considère ce gage comme une autre de nos farces, expliqua Lex, l'œil sémillant.

Hudson pouffa de rire à l'entente de cette explication, puis feignit de retrouver un semblant de solennité au moment où l'instructeur militaire lui épinglait la médaille aux côtés de celles qu'il avait valeureusement méritées.

— Je n'en attendais pas moins de vous, les gars.

Lex lui donna ensuite une accolade fraternelle.

— J'espère que je serai un bon mari.

— Le meilleur de nous quatre, affirma John. Perso, je plains les futures épouses de Lex et Keir. Entre l'autre qui aboie comme un Rottweiler toute la sainte journée et l'autre macho qui saute sur tout ce qui a une paire de seins, on est mal barrés.

— Je peux bien me passer d'une femme, renchérit Lex.

— J'ai pas envie de me passer la corde au cou, maugréa Keir.

— Excusez-moi, fistons, mais il est l'heure d'y aller. La cérémonie commence dans dix minutes.

L'homme qui venait de s'exprimer était le général Arlington, un septuagénaire au visage tanné par le soleil du Sud, en costume de parade blanc, chargé d'un lourd placard de médailles. Père adoptif de John, il s'inscrivait également comme un père spirituel pour les trois autres militaires.

— Ah, ça fait plaisir de vous voir lustrés comme des enfants de chœur, nota le général avec un regard appréciatif. Parés pour l'*opération mariage* ? Les autres gars vous attendent pour votre entrée fracassante.

— Parés ! répondirent les quatre frères d'armes de concert.

— Ça fait quelle sensation, Rowe ?

— Je ressens le même vertige que procure un HALO, mon général.

Une sublime arche de fleurs blanches, violettes et roses ornait le grand parc de la plantation, dressée sous les chênes archaïques qui s'érigeaient avec majesté devant la façade blanche de la demeure. Avec son style néo-gothique, l'édifice où les fiancés allaient convoler avait des airs de manoir princier, féerique par la présence d'élégants arcs brisés pavoisant le perron. Un petit chemin délimité par des traînées de fleurs annonçait la voie qu'emprunterait bientôt Livia en séparant les deux contingents de chaises, rangées par quarantaine de chaque côté.

Tout le monde était présent et déjà installé. D'une part, les amis de Hudson, des marines, des policiers, des pompiers, mais également les gens du voisinage avec lesquels il avait sympathisé, notamment le couple phare que formaient Raúl et Spencer. D'autre part, figuraient la famille Cartmell au complet et leurs proches amis, des nababs de Londres parfaitement anonymes pour les habitants de la Caroline du Sud.

En ce jour de célébration, le soleil était resplendissant de beauté et sa lumière faisait écho à la musique enchanteresse que diffusait un piano blanc, également agencé sous un chêne et vibrant entre les doigts d'un pianiste virtuose, venu tout droit de Londres à l'invitation de Lawrence. Le musicien était accompagné d'un saxophoniste de Charleston, appelé cette fois-ci par Keir.

Même Brünhild et Kismet participaient à l'évènement et en étaient les charmantes mascottes. Si la chienne arborait une petite tiare de lavandes en jappant avec joie sur la structure du piano, accompagnant ainsi les musiciens dans leur jeu, le capucin tenait un petit panier de pétales de fleurs entre les bras et s'amusait à en jeter sur les convives par poignée. Au loin, dans le parc, des biches et des faons gambadaient avec allant et grâce.

C'était un rassemblement festif et allègre, où le romantisme et le bucolique côtoyaient le pittoresque et la discipline de l'armée.

Bientôt, il y eut des applaudissements lorsque des bruits de moteur se firent percevoir en annonçant l'arrivée de la mariée. Livia ne venait pas en calèche comme l'aurait souhaité sa mère, mais dans une Toyota 2000 GT, blanc ivoire, un modèle rare sorti de la collection de Lawrence. C'était un coupé que la plupart des gens avaient déjà vu dans *On ne vit que deux fois*, avec Sean Connery dans la peau de James Bond.

Une bagnole de princesse moderne.

L'apparition de Livia imposa le silence dans la bruyante assemblée, émerveillée par sa beauté pour songer à émettre un son. Et surtout, pour se demander où se trouvaient le futur époux et ses garçons d'honneur.

— Bon sang, où se trouve Hudson ? Il devrait déjà être là, pesta Lawrence dans sa barbe.

Tout à coup, des bourdonnements assourdissants en provenance du ciel vibrèrent au-dessus de leurs têtes. Une immense exclamation de surprise s'éleva depuis le rassemblement de convives quand un hélicoptère passa dans le ciel, entre les cimes des chênes pour s'arrêter à quinze mètres de hauteur de l'arche florale. Parmi les invités de Hudson, il y eut des vivats et des sifflements d'admiration, alors que ceux des Cartmell appréciaient la surprise en retenant fermement leurs chapeaux d'apparat.

— Qu'est-ce que c'est que cette mascarade ? gronda Lawrence en levant une main gantée en direction de l'aéronef.

Fascinée par l'audace de Hudson, Livia rit sans retenue, avec fierté et amour, puis s'écria :

— C'est mon mari !

— Tu étais au courant de ça ?!

— Absolument pas.

Déconfit, Lawrence écarquilla les yeux au moment où la porte de l'hélicoptère s'ouvrit sur Keir, qui s'empressa de faire glisser une épaisse corde jusqu'au sol.

Nom de nom, ces marines avaient le don de le défier ! C'était un véritable pied de nez à son autorité.

Avec adresse, les quatre confrères quittèrent un à un l'hélicoptère par le biais de la corde, resplendissants de beauté dans leurs uniformes d'apparat et incroyables dans leur façon de flirter avec le risque, sans jamais faillir. Keir ouvrit la danse, suivi par John, Lex et Hudson. Ce dernier ne manqua pas d'envoyer un baiser à sa mariée au-delà de la distance, puis atterrit expertement au sol à proximité de ses amis. L'instant d'après, l'engin s'éclipsait en manquant de terrasser, une fois de plus, tous les couvre-chefs des convives.

Hudson et ses frères s'établirent ensuite devant l'arche de fleurs, à droite, alignés en ordre parfait selon la rigueur militaire, virils et dignes d'une cohorte princière, leurs couvre-chefs sous le bras. Le général Arlington compléta leur groupe et ensemble, ils firent face à la belle brochette de demoiselles d'honneur, formées en rang à gauche, toutes ravissantes avec leurs allures de nymphes des bois dans leurs longues robes en mousseline de soie vert anis, vaporeuses, aux dos nus et aux cols colliers, toutes couronnées de tiares florales. Parmi elles se trouvaient Scarlett et trois amies proches de Livia, originaires d'Angleterre.

— Il va me payer cet affront, bougonna Lawrence comme il guidait sa fille vers le chemin de fleurs, en direction de l'arche.

Tous retinrent leur souffle à cet instant.

— Avoue qu'il t'impressionne, papa, murmura-t-elle sans se départir de son sourire radieux. Tu as les voitures de James Bond, lui a son tempérament.

Au loin, Hudson chercha à fureter dans son apprentissage militaire le moyen de recouvrer son sang-froid face à l'image radieuse de sa future épouse. En vain, les marines ne l'avaient pas préparé à affronter un jour une adversaire aussi ensorcelante, et encore moins revêtue d'une création digne d'arracher des larmes de félicité à Alexander McQueen.

— Nom de Dieu…, jura Keir aux côtés de Hudson, qui ne savait plus où donner de la tête entre la mariée et ses demoiselles d'honneur, avec une attention particulière pour Scarlett, qu'un coup de baguette magique avait métamorphosée en déesse celtique. Dis, Rowe, tu penses que le Saint Graal peut être une femme ? lui glissa-t-il à l'oreille.

— Sans aucun doute.

Le murmure de Hudson fut étouffé par les premières notes au piano et au saxophone de la musique *Summertime* de George Gershwin, choisie par Livia pour accompagner son arrivée. La puissance de la mélodie se répandit dans l'atmosphère comme le feu ardent qui consumait le cœur des époux et enveloppa l'assistance d'une chape de frissons.

Emplie d'émotion aux côtés de Lawrence, lequel paraissait aussi digne et imperturbable qu'un pilier corinthien, Livia avançait vers l'homme de sa vie. Un chœur d'exclamations et une pluie de flashs saluèrent son avancée, prêtant une attention particulière à sa robe, conçue dans les plus nobles tissus, par les plus gracieuses et talentueuses des mains.

Ivoirine, faite de mikado, de dentelle de Calais et de gaze de soie crème, la robe semblait cousue à même ses courbes et se terminait gracieusement en fourreau, de sorte que le tissu imprimait chacun de ses mouvements lorsqu'elle marchait. Le magnifique décolleté en forme V, favorisé par des bretelles qui dégageaient la rondeur de ses épaules, attirait des coups d'œil approbateurs, mais un autre détail suscitait l'engouement général. Il s'agissait de la longue traîne de gazes arachnéennes et brodées de fleurs immaculées, ajustée à la taille et majestueuse à souhait, qui chutait sur la croupe et les jambes de la mariée en formant une corolle précieuse sur le sol.

Nul voile virginal ne venait recouvrir le ravissant chignon haut et bouclé qui surmontait le crâne de Livia, en même temps que deux jolies mèches ondulées encadraient l'ovale de son visage avec goût. La simplicité avait été le choix le plus judicieux pour l'ornement capillaire et s'incarnait à travers de petits bouquets de myosotis, piqués dans le chignon en formant une broche de cheveux naturelle et délicatement parfumée.

Avec toute la solennité que pouvait déployer un officier, Hudson l'admira s'approcher, d'une façon qui aurait pu laisser croire qu'elle descendait miraculeusement des cieux pour le rejoindre, lui, le pauvre petit mortel en attente d'un ange. Quand elle arriva à sa hauteur en se glissant dans le bain de lumière solaire, qui filtrait à travers les feuillages des chênes, Hudson eut la sensation qu'un corset comprimait sa cage thoracique tant il lui était difficile de trouver son souffle.

— Je dois être mort et au paradis, murmura-t-il au moment où Livia tournait son visage dans sa direction, faisant ainsi danser les gouttes de perles qui pendaient à ses oreilles.

Sa mise en beauté était sophistiquée. Ses yeux étaient embellis par du mascara, un trait d'eye-liner et de l'ombre à paupières argenté et blanc pailleté, alors que sa bouche s'épanouissait telle une fleur incarnate sur un fond de neige. Elle lui décocha un sourire coloré et lui répondit dans un chuchotis :

— J'ignorais que les morts pouvaient parler.

Pour toute réponse, Hudson décroisa ses bras et proposa l'une de ses mains à sa femme, qu'elle saisit aussitôt en la pressant fougueusement.

— Tu coupes mon souffle et tu court-circuites mon cerveau, poursuivit-il au moment où le prêtre s'avançait vers eux, d'une démarche alourdie par le poids de son corps.

Recouvert de sa soutane blanche, de sa chasuble crème et de son écharpe brodée, le prêtre s'établit devant le couple, une Bible à la main et un sourire bienveillant timbré sur ses fines lèvres. Il sonda l'assistance de son regard myope, l'invita à s'asseoir, puis se concentra sur le jeune couple et commença sa bénédiction d'une voix énergique.

Légèrement à l'écart, les demoiselles et garçons d'honneurs contemplaient ce couple idyllique, se décochant parfois des œillades aguicheuses.

— Livia sait bien choisir ses amies, souffla John à l'oreille de Keir, hypnotisé par l'image de Scarlett.

Seule rousse parmi ses compagnes blondes et brunes, elle figurait en seconde place de la rangée, irradiant de beauté avec sa crinière de feu, domptée par un brushing ondulé et ornée d'une tiare de pivoines roses et pourpres. Sans parler de cette robe d'apparence angélique chez les autres femmes, qui devenait carrément indécente sur son corps pulpeux, à la taille marquée, aux hanches épanouies et à la poitrine pleine — traîtreusement nue sous son décolleté !

Keir pesta entre ses lèvres, au bord de l'asphyxie. Le voilà aussi chatouilleux qu'une vieille snob, que la vue d'une échancrure faisait rougir de contrariété. En vérité, c'était moins sa tenue qui ternissait son humeur que les coups d'œil masculins rivetés à ses courbes.

Comme attirée par le magnétisme d'un regard sur elle, Scarlett dirigea le sien vers les garçons d'honneur. Ce mufle de Keir semblait la tancer de ses yeux métalliques. Son expression peu amène était accentuée par son apparence martiale et lui donnait l'air rigide des soldats de plomb.

Ils restèrent quelques instants à s'observer, mais la lecture d'un extrait du *Cantique des Cantiques* par le prêtre les détourna l'un de l'autre. Ce dernier avait tant de panache que son discours sembla filer comme une flèche avant l'échange des consentements.

— Devant tous ceux qui sont ici et en présence de Dieu, Hudson Christopher Rowe, consentez-vous à prendre pour épouse Livia Susan Cartmell, et à la chérir jusqu'à la fin de votre vie ?

Hudson se tourna vers sa promise, lui saisit fermement les deux mains et les yeux plantés dans les siens, proclama :

— J'ai attendu ce jour toute ma vie, alors oui, je le veux et je promets de la chérir jusqu'à la fin de mes jours.

— Livia Susan Cartmell, voulez-vous devenir la femme de Hudson Christopher Rowe et lui promettre de l'aimer jusqu'à votre dernier souffle ? poursuivit le prêtre.

Tout en retenant ses larmes et pressant les mains de son mari, elle hocha la tête et répliqua plus sobrement, sans se départir du tsunami d'enthousiasme qui la noyait :

— Mille fois oui !

Lex se détacha du groupe afin de présenter les alliances au couple

— Procédons à l'échange des alliances, annonça le prêtre.

Les époux se tournèrent vers Lex, saisirent chacun un anneau et se les glissèrent mutuellement aux annulaires. Quand le moment de sceller l'union par le baiser traditionnel vint, Hudson enlaça Livia par la taille, la rapprocha de lui, si bien qu'une feuille de papier n'aurait pu glisser entre eux, puis effleura ses lèvres des siennes.

— Ne t'inquiète pas, mon rouge à lèvres est permanent. Il ne déteindra pas sur toi, lui murmura-t-elle malicieusement.

Mais au moment où Hudson allait pour posséder cette bouche de rêve, Kismet bondit dans leur direction, poussé par un élan d'espièglerie, et s'enquit d'embrasser la mariée à sa place, sur la joue en se pendant à son cou.

Il y eut des exclamations et des éclats de rire. En retrait, Irene manqua s'évanouir entre les bras de son époux, tandis que d'autres convives applaudissaient avec un engouement enfantin.

Même Livia répandit dans l'air son rire cristallin, contrairement à Hudson, qui toisa son capucin d'un œil sévère, le rattrapa fermement au bras, puis le tendit à Keir. Une fois déchargé de son petit compagnon, il saisit à nouveau sa femme par la taille et l'embrassa avec une tendresse qui la propulsa sur un nuage de douceur. Leur baiser fut salué par des applaudissements et un aria de Benny Goodman annonça la fin de la cérémonie.

Pendant que les convives se levaient, le groupe de garçons d'honneur, auquel s'étaient greffés le général Arlington et un autre marine que Livia se souvenait avoir vu lors de son infiltration secrète dans la base aérienne, se hâta de rejoindre le bout du chemin fleuri, à l'opposé de l'arche, afin d'ériger une haie de sabres.

Les jeunes mariés quittèrent leur emplacement en se murmurant quelques paroles :

— Il y a exactement deux cent soixante-sept jours, je frappais à ta porte, et nous voilà désormais mariés.

— Tu comptes les jours ?

— Même les heures.

Elle l'enveloppa d'un fervent regard.

— Je vous aime, major Rowe.

— J'allais le dire, madame Rowe.

Ils arrivèrent bientôt au bout du chemin et, sur un geste de Keir, s'arrêtèrent à quelques pas de la haie pendant que Lex s'adressait à l'assemblée, solennel, et la voix portant haut :

— Mesdames et messieurs, j'ai l'honneur de vous présenter pour la première fois monsieur et madame Rowe.

La haie à trois rangs était formée de trois binômes : Keir et John en première place, deux marines de la base aérienne en seconde, puis Lex et le général Arlington en dernière. Tous coiffés de leurs chapeaux, fiers et droits comme des planches de bois, leurs sabres tirés de leurs fourreaux et brandis au-dessus de leurs têtes en formant une arche de fer rutilante, ils offraient un spectacle qui en jetait. Personne ne bougeait et tous attendaient l'arrivée des époux.

Dès que Hudson et Livia voulurent passer sous les sabres de Keir et John, les deux hommes abaissèrent leurs armes afin de leur barrer la voie.

— Un baiser pour franchir cet obstacle, ordonna Keir.

Cet ordre arracha des rires, fit même sourire Lawrence qui ne s'y attendait pas. Sans se faire prier, Hudson vola un baiser doux à Livia et ce geste leur ouvrit le passage. Mais le deuxième binôme en fit de même et exigea un autre baiser. Très peu contraint, Hudson s'exécuta, avec cette fois-ci plus de fougue. Quand ils passèrent la deuxième arche de sabres, le général Arlington et Lex répétèrent le même geste en demandant un troisième baiser. Là, le jeune marié captura sa femme dans ses bras et la fit délicatement basculer en arrière pour l'embrasser d'une manière aussi passionnée et spectaculaire que dans les studios de Hollywood. Cette étreinte provoqua des gloussements.

Cependant, ce qui arracha de vraies interjections de surprise fut le moment où, une fois la dernière étape franchie, Lex flatta délicatement la croupe de Livia du plat de sa lame, tout en s'exclamant avec force :

— Bienvenue chez les marines, Ma'am !

Et Livia de rire en s'écriant selon les recommandations de Hudson :

— *Semper Fi !*

— *Hoorah !* lui répondirent à l'unisson les marines.

Épilogue

En plein voyage de noces, Maroc
Juin 2008

— Livia ! Je crois que j'ai trouvé quelque chose.

La jeune femme détourna son attention des épigrammes romaines qu'elle tentait de déchiffrer à la lueur de sa lampe torche et la dirigea vers son mari, affalé à quatre pattes entre les célèbres ruines de Volubilis, une ancienne ville berbère romanisée, qui fut autrefois la capitale du royaume de la Maurétanie. Hudson tenait également une lampe torche pour percer l'obscurité de la nuit marocaine, des outils d'archéologue entre les doigts.

Après avoir passé un week-end romantique à Rome, dédié à l'amour, la gastronomie et l'opéra, puis fait un détour de cinq jours en Turquie, où ils avaient visité le site archéologique de Troie et profité d'une croisière sur le Bosphore, le jeune couple achevait leur lune de miel au Maroc, entre chevauchées dans le désert, visites culturelles, découvertes culinaires et langueur dans les hammams des luxueux riads.

Volubilis figurait parmi les sites notés sur la fameuse liste de Hudson.

— Qu'est-ce que tu as trouvé ?

Livia quitta son emplacement en faisant attention de ne pas trébucher sur un vestige et le rejoignit bientôt, s'accroupissant à son tour pour observer ce que Hudson tenait dans sa main.

Il s'agissait d'un petit objet en bronze, muni d'une anse et percé de trous.

Livia promena à son tour sa lampe torche sur la trouvaille, fascinée et d'autant plus excitée que leur expédition archéologique était hautement illégale.

— Une lampe à huile, décréta-t-elle dans un souffle.

— C'est ce que je pense.

— Elle est en bon état.

— On dirait bien.

— On pourrait encore l'utiliser si on sait s'y prendre.

— Je crois qu'il y a encore beaucoup de choses en dessous.

— Je me demande comment tu fais pour creuser comme ça, avec le strict minimum, en pleine nuit.

C'était la première fois que Hudson l'initiait à de la recherche archéologique sauvage. Autrement dit, à du pillage. Mais à petite échelle, seulement pour le plaisir personnel.

— Tu ne sais pas que ton mari peut tout faire ? répliqua-t-il sur un ton espiègle. Est-ce que as découvert des trucs intéressants ?

— Une inscription en romain, sculptée dans la pierre au temps de Septime Sévère on dirait. Chéri, tu comptes encore creuser la terre ? Il doit être deux heures passées.

— Déjà fatiguée, mon ange ?

— Non, mais j'ai hâte de rentrer pour te faire l'amour. Tu sais comment je suis en période de pleine lune.

Hudson dirigea sa lampe torche sur son épouse en la soumettant quelques secondes à la clarté de la lumière électrique, avant de la balayer sur ses courbes. Livia était vêtue comme une aventurière en expédition : chemise en lin à moitié ouverte sur un débardeur et petit bermuda facile à ôter.

— Quelle louve !

— Sais-tu que la louve était apparentée à la prostituée dans la Rome antique ?

— Je la vois plutôt comme son symbole.

— La louve qui a recueilli Romulus et Rémus était en réalité une prostituée.

— Mais toi tu es la louve-impératrice.

— Une impératrice qui aide son mari à piller des ruines anciennes, en pleine nuit et en proie à n'importe quel danger. Tu as déjà vu ça ?

— Excitant, n'est-ce pas ?

— Tu n'as pas idée. Surtout en pleine lune de miel.

Il commençait à se rapprocher d'elle pour lui voler un baiser quand des invectives en arabe et les lueurs d'autres lampes torches apparurent subitement à une quinzaine de mètres de leur emplacement.

Hudson avait omis la possibilité que les gardiens nocturnes du site finiraient par les retrouver. À moins qu'il ne s'agisse d'autres archéologues amateurs… ? Mais peu importe, on venait de les repérer et il fallait fuir tout de suite ou de gros ennuis les guettaient.

— Hudson ? s'inquiéta Livia au moment où son mari se hissait en l'entraînant avec lui.

— Ça sent les emmerdes.

Pas de panique dans sa voix. Du moins, pas au premier abord.

— On va devoir courir vite. Très vite.

Avec une efficacité remarquable, il rassembla en quelques gestes ses outils, les rangea dans son sac à dos avec leur trouvaille, puis saisit sa femme à la main et s'engagea dans une course effrénée entre les ruines du site.

Un coup de feu siffla aussitôt dans les airs à mesure que les récriminations en arabe s'amplifiaient dans leurs dos.

— Hudson ! Ils nous tirent dessus !

— Ils tirent vers le ciel.

— Mais ils peuvent nous tuer !

— On ne panique pas, mon ange. N'oublie pas la règle numéro un.

Les jambes, la gorge et la tête en flammes, Livia courrait aussi vite que son époux le lui imposait en l'engageant vers un terrain sinueux, parsemé d'obstacles, qu'il parvenait pourtant à éviter à la seule faveur de sa lampe torche.

Il avait une reconnaissance du terrain et un esprit analytique développés. Deux compétences acquises par sa formation chez les marines.

Quand Livia manqua de trébucher sur un rocher, Hudson la rattrapa à la taille et la souleva à moitié en poursuivant leur évasion vers le chemin menant à la Jeep qu'ils avaient louée et stationnée dans les plaines bordant les vestiges. Heureusement, Livia put compter sur la vélocité de son mari pour rejoindre le véhicule et démarrer sur des chapeaux de roues avant que leurs traqueurs aient eu le temps de réaliser leur départ. Le couple s'était enfui dans un vrombissement infernal vers une destination que les autres ne pouvaient deviner.

— Mets ta ceinture, Livia.

Elle s'exécuta pendant qu'ils gagnaient de la vitesse en sillonnant les plaines de leur véhicule multiterrain.

— J'ai cru qu'on allait se faire prendre !

— Avec moi, jamais.

— On va vivre encore des escapades de ce genre ?

— Tu savais à quoi t'en tenir en m'épousant, mon amour.

Près d'une heure et demie plus tard, le couple laissait les clefs de leur véhicule au gardien du riad où ils logeaient depuis la veille. L'endroit, situé en plein cœur de la ville de Fès, atteignait un raffinement et un déploiement de luxe et de beauté incroyables. L'ambiance et la décoration intérieure, ciselée dans la tradition de l'art mauresque et garnie d'une profusion de meubles somptueux, de zellige, de céramique islamique et de vitraux, évoquaient ensemble les contes légendaires des *Mille et une nuits*.

Poussiéreux et échevelés par leur course débridée, les Rowe traversèrent le patio et empruntèrent l'escalier menant à leur chambre princière, un véritable havre d'enchantement avec ses murs et son sol décorés de mosaïques, ses lanternes orientales, son lit massif à baldaquin, en bois d'ébène, aux rideaux transparents et brodés de motifs aussi complexes les uns que les autres. Mais le détail le plus saisissant était la lumière que miroitaient les majestueuses fenêtres aux vitraux bigarrés : multicolore et magique, comme les nuances d'un arc-en-ciel ou les étincelles des pierres précieuses.

En pénétrant dans leur chambre, Hudson abandonna son sac à dos sur un fauteuil disposé dans un coin de la pièce et alla s'asseoir sur le rebord du lit, afin de commencer par se dévêtir de son ensemble sombre, digne du commando qu'il était.

Livia le regarda se déshabiller en lenteur, puis entreprit de l'imiter, impatiente qu'elle fût de se coller à lui, de le sentir se fondre en elle et de s'égarer dans le monde sensoriel de la jouissance.

— Remise de vos émotions, madame Rowe ?

— Les émotions fortes sont déjà terminées pour cette nuit ? lui retourna-t-elle en faisant mine d'être étonnée.

Il lui décocha un sourire aguicheur, capable d'endiabler l'âme d'une abbesse.

— Oh non… le plus décoiffant est à venir, Ma'am. Je vais vous faire vivre des choses qui pourraient bien vous inspirer pour votre roman.

Depuis quelques semaines, Livia s'était lancée dans un projet d'écriture, le premier qui lui semblait sérieux et qu'elle gardait encore jalousement secret dans son imagination et son cahier aux idées. C'était un roman historique, d'aventure et d'amour, deux ingrédients qui pimentaient sa propre relation avec Hudson.

Désormais complètement nue, les cheveux blonds encadrant son visage en ondulations folles, Livia s'approcha de lui et le força à s'étendre de tout son long sur le matelas pour s'installer à califourchon sur son corps musculeux, embaumé d'une odeur de sable, de vent chaud et de son parfum musqué, cette essence personnelle qui avait le don d'embraser ses hormones dès qu'elle la respirait.

— Des choses inspirantes pour mon roman ? Mmm… comme me faire un bébé ?

Au tressaillement éloquent qu'elle sentit entre ses cuisses, la jeune femme sut que l'idée l'emballait énormément. L'un comme l'autre savait que la venue prochaine d'un enfant serait la consécration de leur amour et le bonheur intégral qu'ils cherchaient à atteindre ensemble.

— La lune est pleine. Je suis actuellement aussi fertile que la vallée du Nil.

Un sourire languide se dessina sur les lèvres sensuelles de Hudson, qui se redressa sur le lit royal pour se mettre en position assise, glisser ses doigts dans la chevelure de Livia et l'embrasser avec la fougue éveillée par leur expédition nocturne.

— Il n'y a que toi pour dire des choses pareilles, mon amour.

— Fais-moi un bébé.

— Oh oui, je vais te faire un bébé. On va y œuvrer jusqu'à l'aube et dans neuf mois, on accueillera une fille. Et on l'appellera Luna en hommage à cette nuit de pleine lune au Maroc.

Surprise par la certitude dont usait Hudson dans ses paroles, Livia attendit la fin de son baiser pour le retenir au visage et lui demander, partagée entre la perplexité et l'envie de le croire aveuglément.

— Ce sont les cartes de Lex qui te l'ont dit ?

Cette fois-ci, un sourire énigmatique illumina le visage de son mari, qui la retint encore plus fermement contre lui et chuchota à son oreille, semblable au souffle d'un dieu invisible :

— Peut-être bien.

Vous avez aimé votre lecture ?
Découvrez les autres romans des éditions So Romance
disponibles en format papier et numérique.

Croire encore au bonheur

À la suite d'un drame personnel qui la contraint à reprendre sa vie à zéro, Lou accepte un poste de secrétaire dans une société à Marseille. Une surprise de taille l'attend en découvrant la somptueuse demeure où elle sera hébergée le temps de son contrat, mais ce n'est rien à côté de sa stupéfaction lorsqu'elle apprendra l'étrange activité de son employeur. Très vite, un lien passionnel se tisse entre la tendre et secrète Lou Saint-Pierre et le ténébreux Valère Castrosa…

Les heures inutiles

Yoanne et Mattéo se rencontrent par hasard et se recroisent par miracle avant de ne plus se quitter. Mais, en-dehors des heures de caresses et de tendresse qu'ils partagent, Yoanne cherche à fuir une situation à laquelle elle ne sait pas faire face : Thomas, l'homme qui partageait sa vie, est dans le coma. Déchirée par des sentiments ambivalents et les reproches de ses proches, Yoanne va devoir faire des choix et se laisser guider par ses sentiments.

Pour en savoir plus
www.soromance.com

© Éditions So Romance, 2019 pour la présente édition

Lemaitre Publishing
159, Avenue de la Couronne
1050, Bruxelles

www.soromance.com

ISBN : 9782390450320
D/2019/14.771/05

Maquette de couverture : Philippe Dieu
Photo : © Fxquadro / Fotolia

Printed in Great Britain
by Amazon